DEATH OF
PREVIEW SCREENING

死写会

五十嵐貴久

TAKAHISA IGARASHI

実業之日本社

死写会　目次

装丁　菊池 祐
写真　iStockphoto.com/LeoPatrizi/Koldunov

死写会

Film0
タイトルロール

最後のロールのフィルムが切れ、スクリーンが白くなった。白波瀬仁《しらはせじん》はハイライトをくわえたまま度の強い眼鏡を外し、細い目を拭った。黄色い目脂《めやに》が膝に落ちた。

ディレクターズチェアから立ち上がり、体を左右に振った。十時間以上座ったまま編集作業を続けていたため、強ばった体のあちこちで大きな音が鳴った。

息苦しさを感じ、両耳の上だけに残っている銀髪に手を当て、深く息を吸い、ゆっくりと吐いた。八年前、脳梗塞で生死の境を彷徨《さまよ》ったが、鍼灸師に習った呼吸法を繰り返すと、心臓の動悸が収まった。

冷めた紅茶にブランデーを注ぎ、カップを持ったまま編集室の隅に置いているガラスの灰皿に近づき、白波瀬は煙草に火をつけた。

昭和三十九年、大学を卒業してすぐ、新進気鋭の監督として東京活動撮影所、東活で映画を撮り始める前から、煙草を吸う時はフィルムから離れる習慣が身に染みついていた。可燃性フィルムの時代は終わっていたが、汚してはならないという意識があった。

昔は良かった、と白波瀬は煙を吐いた。邦画の黄金時代を昭和三十年代とすれば、白波瀬はその最後の世代に属する一人だ。

初監督作品『銀の棺』がカンヌ映画祭でパルムドールを受賞し、斬新な演出と大胆な編集が国内外で絶賛された。その後も順調にキャリアを重ね、企画はもちろん、監督、脚本、編集も自ら行なうようになった。

昭和五十三年に始まった日本アカデミー賞でも、最優秀監督賞を二回受賞している。名声をほしいままにし、最後の巨匠と呼ばれるようになったのはその頃だ。

だが、平成に入ると潮目が変わった。評論家や玄人受けこそいいが、時間と製作費を贅沢に使っても興行収入が上がらない白波瀬映画に、東活と映画館館主たちがそっぽを向くようになった。

キャストやスタッフを半年以上拘束する〝白波瀬流〟を敬遠する者も多かった。奴らは何もわかっていない、と白波瀬は灰皿に唾を吐いた。

映画は芸術であり、金儲けの道具ではない。東活に嫌気が差し、独立したのは平成五年、五十一歳の年だ。

その後の五年で二作を監督したが、興行成績はふるわず、平成が終わるまで映画を撮ることができなかった。酒量が増え、睡眠薬を乱用するようになり、自殺未遂を起こしたこともある。終わった人、と映画業界全体が思っていただろう。

窮状を救ったのは、海外の映画監督たちだった。昭和の白波瀬作品の再評価が始まり、十年前からニューヨーク、パリ、ベルリンで定期的にリバイバル上映されるようになった。

二十八歳の時、白波瀬はスクリプターだった野島圭子《のじまけいこ》と結婚していた。映画を撮れず自棄《やけ》になっていた白波瀬を支え、独立後の監督作品では圭子がプロデューサーを務め、文字通り東奔西走した。

アメリカ、そしてヨーロッパでの白波瀬映画再評価の気運を察知した圭子が、新作ホラーサスペンス映画『妖奇―ａｙａｋａｓｉ―』の製作資金集めに奔走し、その努力が実を結んだのは二年前だ。

アメリカのメジャー映画会社と中国のオンラインゲーム会社が製作費を提供したことで、東活がゴーサインを出し、撮影が始まった。あれから約十カ月が経っている。

三十代の夫婦が家を購入するが、その家が事故物件だったとわかり、ポルターガイストなどさまざまな怪奇現象が起きる。そして、子供が霊に取り憑かれ、夫と共に意識を失う。

一人になった母親は、家族のため霊と対峙するが、彼女が驚愕の真相を知るまでの物語、それが『妖奇《あやかし》』だ。

自身の構想として『妖奇』はサスペンス映画だが、ホラーの要素も多く、エンディングについてあえて合理的な解釈をしていない。単なるサスペンスではなく、ホラーサスペンスと銘打った方がいいと意見を言ったのは圭子で、資金を集めるための口実として、白波瀬もそれを了解していた。

主演の夫婦には人気の若手俳優を配し、大御所の銀幕スターが脇を固める。豪華なキャステイングが話題を呼び、かつての白波瀬組も結集した。二十五年ぶりの新作として、今年のゴールデンウィーク映画にラインナップされている。

五カ月の予定でクランクインしたが、当然のように撮影期間は延び、今年の一月にようやくクランクアップした。東活との契約で、編集権は白波瀬が持っている。

編集に凝るのはいつものことで、〝フィルムの魔術師〟の異名を持つその編集テクニックは誰もが認めていた。再評価されたのも、その卓越した技術によるところが大きい。

一コマまでこだわるため、完成度は高いが、その分時間がかかる。撮了後、東活から矢のような催促が始まったが、すべて無視して編集作業に没頭した。

その編集も、今日になってすべてが終わった。明日、四月二十日は関係者試写会だが、それに合わせて妥協したつもりはない。『妖奇』の出来に、満足していた。

（この映画は当たる）

ヒッチコック大学を卒業したと自任する白波瀬にとって、サスペンス映画は原点でもあった。『妖奇』はミステリー、サスペンス、ホラーの要素がバランスよく取り込まれ、周到に張り巡らせた伏線と、ラストのどんでん返しには誰もが驚くだろう。

（圭子は最後にいい仕事をした）

折衝や交渉が苦手な白波瀬は企画、脚本、監督、編集以外の仕事をすべて圭子に任せていた。妻というよりビジネスパートナーとしての役割が大きく、苛酷な要求をしたことも何度となくあったが、プロデューサーなら当然だ。

『妖奇』の製作資金集めのために、圭子はアメリカと中国を頻繁に行き来していた。東活との話し合いは難航を極め、キャスティングの苦労と心労が重なったのか、クランクイン直後に心筋梗塞で死んだ。壮絶な戦死だった、と白波瀬は目をつぶった。

圭子だけではない。三月の末、主演を務めていた春口耀子《はるぐちようこ》が睡眠薬を大量に服用し、自宅マンションで死んでいた。

それも宣伝になる、と白波瀬はつぶやいた。『妖奇』にはホラーの側面があり、映画の呪いで死んだと東活が噂を流しているのは聞いていた。

昔から映画会社の戦略は同じで、スキャンダルも宣伝にしてしまう。耀子の突然の死はワイドショーでも話題になったが、『妖奇』が公開されれば客が押し寄せるだろう。

馬鹿な女だ、と白波瀬は煙草をもみ消し、ディレクターズチェアに戻った。『妖奇』には続編の構想があり、脚本も書き終えていた。耀子にはそれを話し、出演が決まっていた。負け犬に用はないと吐き捨て、映写機のスイッチを入れた。

昭和五十年、白波瀬は成城《せいじょう》に自宅を建てた。二階建、地下一階、近隣住民から御殿と呼ばれる豪邸だ。

地下室は試写室仕様で、編集作業もできる。独立前から、多くの作品をここで編集していた。

ロールを巻き直し、ラストシーンを白いスクリーンに映した。強い風が立ちつくす耀子に向かって吹き、麦藁帽子が飛んでいく。かけていた眼鏡に死んだはずの夫が映り込み、それがファイナルカットだった。

悪くない、と白波瀬は黒いプッシュホン電話の受話器を取り上げた。四歳下の圭子はスマホを使いこなしていたが、八十二歳になる白波瀬は携帯電話が嫌いで、使ったこともなかった。

壁に貼ってある番号を押すと、ワンコールで相手が出た。東活のプロデューサー、森田恒雄《もりたつねお》だ。

『妖奇』のプロデューサーを務めていた圭子の死に、現場は大混乱となった。その収拾のために、東活の植木《うえき》製作担当常務取締役が送り込んだのが森田だ。

平成最初の年、一九八九年に東活に入社した森田は学生時代に白波瀬の全作品を見ていた筋金入りの映画マニアで、東活入社後に、いくつかの白波瀬映画でスタッフとしてクレジットされた。その縁もあり、植木に調整役を命じられていた。

「監督、いかがですか？」

震える声で言った森田に、終わったよ、と白波瀬は大声で笑った。

「心配するなと言っただろ？　わざと長引かせてるわけじゃない。最後は帳尻を合わせる。それが私のやり方だ」

もちろんわかっています、と森田が頭を下げる気配がした。フィルムを渡す、と白波瀬は言った。

「もっとも、夜中の三時だ。君の家は小平《こだいら》だったな。車で来てくれ。成城まで一時間以上かかるかもしれんが、待ってるよ。疲れた、早く来てくれ」

すぐに向かいます、と森田が言った。答えずに、白波瀬は受話器を置いた。

小平で暮らす映画マン、と白波瀬は口元を歪めた。そんなところに家を建ててどうすると思ったが、時代なのだろう。

映画会社勤務といっても、サラリーマンに過ぎない。飼い犬プロデューサーか、と長い息を吐いた。

缶に入れたフィルムロールの番号を確認し、映写機にかけていた最後のフィルムを改めてスクリーンに映した。

森田が来るまでの暇つぶしのつもりだったが、画面の端に浮かぶ小さな黒い染みに気づいた。

(今のは何だ？)

フィルムは写真の集合体だ。一秒に二十四コマの写真が連続して映り、目の錯覚を利用して動いているように思わせる。

編集作業中、小さな傷がフィルムにつくことがある。ただ、ひとコマは〇・〇四秒だから、観客は気づかない。

埃《ほこり》、塵《ちり》も同じで、監督、プロのカメラマン、そして映写技師ならわかるかもしれないが、そこまで神経を尖らせる必要はない。

だが、染みはどんどん大きくなっていた。ラストシーンでは、燿子の全身が真っ黒に見えるほどだ。

何かが動く気配がして、白波瀬は振り向いた。明かりを落としているので、よく見えないが、確かに何かがいる。

「誰だ？」

叫んだが、返事はなかった。胸があり得ないほど大きく上下した。何かがじんわりと心臓を摑んでいる。息が苦しい。呼吸をするのもやっとだ。

何かが白波瀬の顔を押さえ、強引にスクリーンに向けた。燿子の隣に影が立っていた。そんなはずがない、と目を見開いた。ラストシーンは燿子の独白だ。他には誰もいない。

空気を切るような音。鋭い痛み。首筋に手をやると、指に血の滴《しずく》がついていた。

反射的に立ち上がったが、それ以上体は動かなかった。手を伸ばし、編集機の脇のスタンドライトをつけると、ディレクターズチェアに足が絡み付いていた。

違う。フィルムだ。フィルムが自分の足を椅子に縛りつけている。

鈍い音に、白波瀬は顔を上げた。缶の蓋が開き、飛び出したフィルムが蛇のように蠢《うごめ》いている。

フィルムの端が額、目、鼻、唇に当たり、そのたびに皮膚が切れた。手でかばったが、お構いなしにフィルムが手、そして顔を切り裂き、額と頬から血が迸《ほとばし》った。

「助けてくれ！」

叫んだ口にフィルムが飛び込み、喉が詰まった。声にならない悲鳴が漏れた。

「ダレカ……タスケ……テ」

眼球が傷つき、ほとんど何も見えない。必死で体を動かすと、足を縛っていたフィルムが解け、白波瀬はドアに向かった。足がもつれ、フローリングの床に倒れ込んだが、しゃにむに立ち上がった。

ノブに伸ばした手を、誰かが摑んだ。振り向くと、女が立っていた。

女が後ろを指さした。積み重ねていたフィルム缶から、炎が上がっていた。

「止めろ！」

白波瀬は絶叫した。フィルムを燃やしてはならない。それしか考えられないまま、炎に突進した。

ぴんと張ったフィルムが足を払い、白波瀬は前のめりに倒れた。炎が顔を焼く臭いがした。

Film1
試写室

1

降りるぞ、と肩を叩かれ、里中凪《さとなかなぎ》は目をこすった。東京メトロ日比谷線、東銀座駅。ドアが開いたところだった。

海潮社《かいちょう》の映画雑誌〝キネマクラッシュ〟編集長の長尾《ながお》に続き、慌ててホームに降りるとドアが閉まった。どうした、と長尾が凪の顔を覗き込んだ。

「寝不足か？　今日は君がメインなんだぞ。しっかりしてくれよ」

すいません、と凪は頭を下げた。入社三年目、〝キネマクラッシュ〟に配属されて半年、編集者としては新人で、まだリズムに慣れていない。

半年前、〝キネマクラッシュ〟編集部に配属されたが、それまで販売部にいた凪は編集業務について素人同然で、数カ月見習い期間が続いた。

入稿を任されるようになったのは前号からだが、その時記事の見出しで映画のタイトルを取り違えた。校正の指摘で校了直前に発覚し、頭を下げただけで済んだが、またミスをしたら、と不安でならなかった。

編集者なら誰でも通る道だが、引きずる性格もあって、今回の校了では必要以上に気を張っていた。

今朝早く、全作業が終了したが、フル回転していた脳から興奮が引かなかった。一度自宅マンションに戻ったが、眠れないまま出社し、『妖奇』試写会場に向かっていた。

夜明けまで会社にいたのは長尾も同じだが、メリハリの付け方をわかっているのだろう。さっぱりした顔で、髭も剃《そ》っていた。

雑誌はうちと〝アートムービー〟だけだと聞いてる、と長尾が階段に足を向けた。

「販売部から移って来た時、話しただろ？　うちは編集者がライターを兼ねることも多いって。上も編集費カットをやかましく言ってる。まあ、俺の方針として、編集者に原稿を書かせたいってこともあるが」

長尾が速足でぐいぐいと歩いていく。凪は女性としても小柄なので、必死でついていった。

「何しろ巨匠白波瀬監督、二十五年ぶりの新作だからな。どこの社だって早く観たいと思ってるだろうが、東銀座の東活試写室は定員五十人だ。幸い、俺はプロデューサーの森田さんとコネがあるから、君とベテランライターの小口《おぐち》さんの席を確保できたが、その小口さんがコロナに罹《かか》った。こればっかりは仕方ない」

「はい」

だから俺が入《はい》れたんだけどな、と長尾が顔をくしゃくしゃにして笑った。五十三歳なので、年相応に皺がある。

「小さい頃から映画は好きだったけど、大学で本格的にのめり込んだ、白波瀬映画も観漁《あさ》ったよ。二十歳の時、池袋の文芸坐で白波瀬監督の解説付きの上映会があって、あの時は興奮したな。生ける伝説《リビングレジェンド》だからね……噂で聞いたが、『妖奇』のラッシュを観たキャスト、スタッフ、全員が怖くて真っ青になったっていうじゃないか。そりゃ観たくもなるさ」

長尾が早口になっていた。入社二十一年、〝キネマクラッシュ〟編集部に籍を置く映画ヲタクで、語り出すと止まらなくなるのはいつものことだ。

「代表作『篝火《かがりび》』を観た時は、丸二日眠れなかった。あんなに恐ろしい映画はないね。子供だったら、トラウマになっただろう。昭和に溯って、全作品を観た。ある意味、俺の人生を決めた監督だから、新作と聞いたら観ないわけにはいかない」

本当に好きなんですね、と凪は長尾に続いて自動改札を抜けた。好きこそ物の上手なれって言うだろ、と長尾が振り向いた。

「海潮社は出版社の中じゃ大手だが、〝キネマクラッシュ〟ははみ出し者の集まりだ。でも、専門誌ってのは、そういう奴の方が向いてる。ヲタクの巣窟だよ。編集部の七人全員が芝居、音楽、落語、演劇、パソコン、ゲーム、何かしらの得意分野がある。君だって韓国ドラマのマニアだろ?」

一応、と凪はうなずいた。どうした、と長尾が怪訝そうな顔になった。

「顔色が悪いな。販売の土屋《つちや》部長か？　君のことでつまらん悪口を言ってるようだが、気にしなくていい。ああいう人はどこにでもいる」

海潮者の新入社員は一年間販売部に配属され、流通を学ぶ。古い出版社なので、その辺りは伝統だった。

凪は編集希望で入社し、一年後に雑誌編集局への異動が決まっていたが、若い女が必要だ、と販売部長の土屋がそれを拒んだ。書店や取次との飲みの席には凪を同行させ、卑猥な冗談やボディタッチは日常茶飯事だった。札幌に出張した時は、強引に凪の部屋へ入ろうとしたこともあった。

土屋さんはどうかしてる、と困り顔で長尾が言った。

「社長の甥だから見逃されているが、令和だぞ？　限度を超えてるよ。昭和の生き残りと言ったら、昭和が怒るだろう。セクハラ、パワハラ、ハラスメントについて何もわかってないし、無自覚だから余計に困る。君も黙っていることはなかったんだ。副部長の川添《かわぞえ》が総務に報告しなかったら、あのまま販売部で土屋さんの私設秘書扱いだっただろう」

大人しそうなルックスのためか、学生の頃から凪はセクハラの対象になることが多かった。強く言えない性格だし、うまくかわす器用さもない。黙って耐えることしかできなかった。

土屋のハラスメントは酷く、以前には意見の合わなかった販売部員から仕事を取り上げ、退職に追い込んだこともあった。

女性社員に対しても同じか、それ以上だ。〝キネマクラッシュ〟への異動が決まらなければ、凪も辞めていたかもしれない。

今じゃ俺も編集部にいる方が長くなったけど、と長尾が話題を変えた。

「一昨年までは副編だったから、試写会にはずっと通ってた。この十年で、東活試写室には百回近く行ってる」

わたしは三回目です、と凪は言った。今回の試写室は席数が五十しかないので、マスコミ向けの試写会で使われる機会は少ない。

東銀座駅から五分ほど歩き、路地を左に折れると、雑居ビルが並ぶ一角に出た。その右端の一階が東活東銀座試写室だった。

受付に若い男が立っていた。東活宣伝部の横川《よこかわ》で、凪と年齢が近いためもあって、普段から親しくしている。

お世話になりますと招待状を差し出すと、横川が48と49の札とパンフレットを渡した。刷り上がったばかりなのか、インクの匂いがした。

「席が後ろですみません。試写会はメディア向けにやるべきだと森田プロデューサーに言ったんですが、監督の意向だと……前の二十席はスタッフが座っています。キャストも何人か来てますよ」

ご無沙汰です、と微笑んだ長尾に、横川が深く頭を下げた。映画会社の宣伝マンは専門誌を味方につけなければならないし、古株の長尾へのリスペクトもあるのだろう。

天下の白波瀬組ですからね、と長尾がうなずいた。

「スタッフの結束力は邦画界一じゃないですか？　二十五年ぶりでも、監督がひと声かければ全員集合、それが鉄の掟《おきて》だと聞いてます」

どうなんでしょう、と横川が肩をすくめた。

「昭和の風習じゃないか、そんな気もするんですが……聞かなかったことにしてください。将軍白波瀬ですからね。宣伝部のチンピラが何を言う、と手討ちになってもおかしくありません」

冗談めかしていたが、半分は本音だろう。白波瀬のワンマンぶりは、凪も聞いたことがあった。

試写室のドアに目をやると、中から熱気が伝わってきた。誰もが試写会の開始を待ち侘《わ》びているようだ。

「もっと大きい試写室の方がよかったのでは？」

そのつもりだったんですが、と横川が言った。

「編集長はご存じだと思いますけど、監督はフィルムにこだわりがあって、撮影も三五ミリフィルムでした。全国公開の際はデジタル変換しますけど、試写会はフィルムでやれ、と森田プロデューサーに命じたそうです。都内にある東活試写室で、フィルム上映が可能なのはここしかないので……」

監督は事故に遭われたらしいですね、と囁《ささや》いた長尾に、よくわからなくて、と横川が顔をしかめた。

「フィルムを受け取りに行った森田プロデューサーが、自宅の地下室で倒れていた監督を見つけたんです。明日、記者会見を開くと話していました。病院に緊急入院したと聞きましたが、八十二歳ですからね。編集で徹夜続きだったはずで、無理がたたったんでしょう。たいしたことないといいんですが……それにしても早耳ですね」

ニュースソースはこれでして、と長尾が顔の前で指をクロスさせた。

綱渡りですよ、と横川が苦笑を浮かべた。

「救急車を呼んだ森田さんがフィルム缶を抱えたまま、病院まで一緒に行ったんです。うちの社員がフィルムを取りに行って、こっちに着いたのは二時間前でした。お偉方も大騒ぎですよ。中には、白波瀬さんが死んでくれたらな、そんな冗談を口にする役員もいました。いい宣伝になると思ってるんでしょう」

長尾が顔の横で両手の人差し指と中指を立てて、鋏《はさみ》のように動かした。東活の植木常務の渾名は蟹《かに》だ。

答えずにいると、あと五分ほどです、と横川が腕時計に目をやった。

「お入りください。席は後列の左奥です」

凪は試写室の重いドアを押し開けた。十席、五列の座席が小さいスクリーンに向かっている。いくつか空席があった。

「君は48に座れよ。その方が見やすいだろ」

俺は奥でいい、と長尾が49の椅子に腰を下ろした。座る前に、凪は辺りを見渡した。数人と目が合い、会釈を交わした。

スポーツ紙、テレビ局から何人か来てます、と凪は囁いた。

「知らない顔がいましたけど、たぶんインフルエンサーでしょう。評論家が少ない気がしますけど、どうしてですか？」

監督の意向だよ、と長尾が答えた。

「白波瀬監督は評論家嫌いで有名だ。今じゃどこもそんなことしないが、昔は悪口を書くのが評論家の仕事だったからね。白波瀬映画は毀誉褒貶《きよほうへん》が激しい。絶賛もあれば、ボロクソに書かれたこともある」

「そうなんですか」

「宣伝のための試写会だから、横川さんが言ってたように、マスメディアやそこに原稿を書く評論家を立てるべきなんだが、昭和の大監督だからね。そんなこと気にもしていないんだろう」

狭い試写室なので、周りがよく見えた。最前列の中央に座っているのは、日本アカデミー賞常連のカメラマン、熊田太郎《くまだたろう》だ。二十人ほどが揃いのスタッフジャンバーを着ていた。

白波瀬組だな、と長尾がうなずいた。

「熊田カメラマンの隣は照明の出川《でがわ》さん、右は美術の石岡《いしおか》さん、邦画界じゃ横綱扱いだよ。白波瀬映画では役者が出ないシーンを助監督が撮るし、スタッフも別班を立てる。だから全体の人数が多くなって、費用もかかる。二十五年、新作を撮れなかったのは、そのせいもあるんだ」

干されていたんですよね、と凪は声を潜めた。当たらずと言えども遠からずだ、と長尾が頭を掻いた。

「映画監督は誰でもこだわりを持っているけど、白波瀬さんは特にそれが強い。そこが個性だし、魅力だけど、いつまでも昔の流儀は通らないよ……でも、今回は予算も時間もあった。思い通りに映画が撮れたんじゃないか？」

「そうみたいです」

「その分、こっちもハードルが上がるけどね。原点復帰のサスペンス映画だから、楽しみだよ……そろそろ始まるんじゃないのか？」

試写室のドアが音を立てて開き、白髪頭の小柄な男が50の席に座った。どうも、と長尾が声をかけた。

「森田さん、今回は助かりました」

お世話になります、とプロデューサーの森田が笑みを浮かべた。

「ドタバタですが、とにかく完成しました。〝キネマクラッシュ〟でも大きく扱ってくださいよ」

うちの里中です、と長尾が凪を紹介した。一、二度東活の試写会で顔を合わせていたが、挨拶するのは初めてだ。

編集長に伺っています、と森田が律義に頭を下げた。

「前に『17年目のウエディング』で記事を書いていただきましたよね？　あれは助かりました。おかげさまでヒットしまして……『妖奇』も当たるといいんですが、トラブル続きで雲行きが怪しくなってます。ぜひお力を――」

監督が倒れたそうですね、と長尾が顔を近づけると、もう漏れましたか、と森田が低い天井に目を向けた。

「参りましたよ。映画は監督ありきですからね。特に白波瀬さんは世界的にも有名ですし……」

スマホの振動が伝わってきた。失礼、と片手で拝んだ森田が試写室を出て行った。

「プロデューサーは大変だよな」

長尾が囁くと、大変お待たせいたしました、と女性の声がスピーカーから流れ出した。

「ただ今より『妖奇』試写会を始めさせていただきます。上映中、携帯電話は電源を切るか、マナーモードに――」

型通りの注意事項がアナウンスされたが、集まっているのはスタッフ、キャスト、メディア関係者だ。非常識なことはしない、と凪もわかっていた。

ブザーが鳴り、照明が徐々に落ちていった。スクリーンにタイトルが浮かんだ。

寝るなよ、と長尾が冗談めかして囁いたが、洒落にならない、と凪はつぶやいた。

タイトルの後、空撮で東京が映し出された。カメラがゆっくり降り、二子玉川《ふたこたまがわ》駅に続く通りを移動していく。

戸建ての建売住宅で内覧している若い夫婦が相談を始める場面に変わった。夫を演じているのは有名な舞台演出家宇田川旭《うだがわあきら》の息子、宇田川翔理《しょうり》、妻は好感度ランキング常連の春口燿子だ。まだ小さい女の子が家の中を駆け回っている。二人の娘なのだろう。

ひと月ほど前、燿子が自宅で睡眠薬を過剰摂取し、死亡したのは凪も知っていた。事務所は事故と発表したが、自殺ではないか、とネットでは囁かれている。

ただ、燿子に自殺する理由があるとは思えなかった。噂は噂に過ぎない。

ストーリーが淡々と進み、夫婦が建売住宅をローンで購入した。銀行で担当者とローン年数を決めるシーンに数分が費やされ、やや長い印象を受けたが、リアリティ重視の白波瀬映画ではよくある描写だ。

映画好きを自任しているし、同世代の女性より詳しいつもりだが、編集長の長尾、先輩編集者と比べると、映画についての知識は劣る。観ている映画の本数もひとつ、あるいはふたつ桁が違った。

それもあって、配属後に邦画、洋画の区別なく、手当たり次第に観ていった。配信会社と契約すれば、過去の名作、傑作も視聴できる。半年で二百本以上だから、それなりの数と言っていいだろう。

〝世界のシラハセ〟は凪も知っていたし、二十五年ぶりの新作と評判になっていたので、デビュー作『銀の棺』をはじめ、代表作は観ていた。

今の視点から観ても面白く、特徴的なローアングル、線対称の構図はある意味で新鮮だった。

早聖《そうせい》大学在学中に、教授を務めていた名匠木上大輔《きがみだいすけ》に認められ、自主製作映画を撮る傍ら、調布《ちょうふ》の東活撮影所に出入りしていた白波瀬が東活に入社、その半年後にデビュー作を監督したエピソードは伝説になっている。約六十年前、昭和三十九年のことだ。

昭和四十年代は白波瀬の黄金時代で、プログラムピクチャーから正月のオールキャスト映画まで手掛け、十年で十五本の映画を監督した。五十年代に入るとややペースが落ち、作品数は八本になり、昭和六十年以降、監督作品は極端に減った。

平成五年、予算とスケジュールを無視する白波瀬と当時の東活社長、岡野薫《おかのかおる》が衝突し、独立したのも裏目に出た。

その後の五年間で二本の映画を撮ったが、酷評された上に興行的にも失敗した。それから二十五年、白波瀬は完全に業界から干されていた。

だが、海外の映画監督、プロデューサーの支援によって、奇跡の復活を遂げた。八十二歳の監督が二十五年ぶりに新作を撮るのは、それだけでニュースだ。内外から期待の声が上がっていた。

白波瀬が自嘲的に言う〝長すぎた冬眠〟を経ても、細かいディテールとエピソードを積み重ね、落ち着いた語り口で人物、状況を説明していく作風は昔と変わっていなかった。

ただ、圧倒的なスピードで情報量を詰め込む近年の映画と比べると、展開が遅かった。それに慣れている凪には、間延びして見えた。考えることができたのは、そこまでだった。

2

事情は説明したじゃないですか、とスマホを耳に押し当てたまま森田は雑居ビルを出た。わかっています、と男の低い声がした。

「刑事だって〝世界のシラハセ〟は知ってますよ。二十五年ぶりの新作ってこともね。しばらく前から、テレビやネットで話題になってたじゃないですか……もう一度伺いますが、森田さんが白波瀬監督の自宅に行ったのは――」

勘弁してください、と森田は足を止めた。吐き気が喉元まで迫《せ》り上がっていた。

タクシーで成城の白波瀬邸に着いたのは朝四時過ぎだった。最後の巨匠にふさわしい豪邸で、『妖奇』のプロデューサーを務めるようになってから、何度も通っていた。

森田はチャイムを鳴らしたが、返事はなかった。八十二歳という高齢だから、徹夜の編集作業を終え、そのまま寝てしまったのだろう。

預かっていた鍵で玄関のドアを開け、森田は家の中に入った。白波瀬は地下で作業しているはずだ。

白波瀬がこの豪邸を建てたのは昭和五十年だった。その頃から、いずれは独立すると決めていたのだろう。

地下室に機材を揃え、試写、そして編集ができる造りになっている。業界関係者からは、プライベート・イマジカと呼ばれていた。

監督、と何度か呼んだが、応えはなかった。客間の奥にある階段を降り、分厚い鉄の扉を開けると、不快な臭いを鼻が嗅ぎ取った。

ディレクターズチェアの前で、白波瀬が倒れていた。恐る恐る近づくと、嫌な臭いは白波瀬の顔から発していた。

うつ伏せになっていた顔を少し傾けると、焼けた皮膚の一部が見えて、思わず手を離した。額と床がぶつかる鈍い音がした。

森田は慌てて一一九番通報し、救急車を呼んだ。すぐにサイレンが聞こえ、救急隊員が入ってきたが、それまでの五分ほどは生きた心地がしなかった。

白波瀬は救急搬送され、森田も救急車に同乗した。世田谷総合病院のERで、医師が救命措置を施したが、十分後に死亡が宣告された。

森田さんの立場は理解できます、と刑事が言った。

「〝世界のシラハセ〟が自宅で不審死したっていうのはねえ……『妖奇』の製作費は十五億、宣伝やらプロモーションで五億とおっしゃってましたよね？　悪い評判は立てたくないでしょう。だから、我々警察もマスコミに情報を伝えていないんです」

「二十億円が動く映画で、公開も迫っています。私だけの判断で、監督の死を公表するわけにはいきません。今、東活役員会で協議していますが、明日には記者会見を開くことになるでしょう。それまで待ってもらえますね？」

警察にも立場があります、と刑事がため息をついた。

「第一発見者から事情を聞くのは、捜査において重要ですからね。一応は伺いましたよ？ しかし、詳しい話を聞く前にいなくなられては困ります。しかも、あなたは現場からフィルムを持ち出している。東活は刑事ドラマも製作してますよね？ 証拠品の持ち出しが厳禁なのはわかってるでしょう？」

持ち出してはいません、と森田は声を高くした。

「うちの社員に渡しただけです。それに、名前は忘れましたが、若い刑事さんに事情を話して、了解は取ってます」

「高安《たかやす》ですよね？ これだから所轄の刑事は……まあ、そこはよしとしましょう」

「死因はわかったんですか？」

正確なところは解剖の結果待ちです、と刑事が言った。

「とはいえ、八十二歳は後期高齢者です。ヘビースモーカーだったそうですが、貧血か何かで意識を失い、火のついた煙草をくわえたまま倒れた。煙草の火がフィルムに燃え移り、白波瀬さんの顔を焼き、重度の火傷により呼吸不全で窒息死したとの見立てはできますが……フィルムの燃えかすも見つかっていますしね。ただ、個人的には納得できない点もあります」

「何がです？」

「顔の焼け方と比較して、フィルムの燃えかすの量が少な過ぎるんです。白波瀬さんの顔ですが、ステーキで言ったらウエルダンですよ。事故死ではなく、自殺の可能性もあると思っています。殺人についても考えましたが……」

「殺人？」

あなたが殺したってことです、と刑事が喉の奥で笑った。冗談のつもりなのだろう。

「ですが、死亡時刻は見当がつきました。あなたに電話した直後に亡くなったようです。夜中の三時過ぎ、小平の自宅にタクシーを呼び、成城に向かったあなたには殺せません。刑事の馬鹿話ですから、気にしないでください」

不謹慎ですよ、と森田は地面を蹴った。とはいえ、もう少し詳しい事情を知りたいところです、と刑事が言った。

「あなたは今回の映画のプロデューサーです。この一年、誰よりも白波瀬さんと密接な付き合いがあった……あなたがそう言ったんですよ？」

それは本当です、と森田はうなずいた。

「監督の奥さんが亡くなり、私が『妖奇』のプロデューサーを任されました。二十代の頃、監督の下で働いていたので、縁もありました。監督とプロデューサーは二人三脚で、どちらが欠けても映画は完成しません。それなりに親しくしていたつもりです」

とにかく成城西警察署に来てください、と厳しい口調で刑事が命じた。

「それだけ深い関係なら、プライベートにも詳しいでしょう。わからないことばかりで、困ってるんですよ」

こっちも大変なんです、と森田はスマホを手で覆った。

「あなたの立場もわかりますが、今日の関係者試写会は私の責務で、プロデューサーがいないなんてあり得ませんよ。『妖奇』の完成フィルムは私もまだ観ていません。監督は完璧主義で、編集が終わるまで観せなかったんです。やっと観られると思ったのに……もちろん、あんな形で亡くなられたわけですから、警察に協力するのが筋なのは承知しています。でも、私は何も知りませんよ」

そうおっしゃらずに、と刑事が猫なで声になった。

「そこは東銀座ですね？　覆面パトカーを向かわせますから、すぐこちらへ来てください。なるべく早く帰しますよ」

わかりました、と森田は顎を強く掻いた。苛立《いらだ》った時の癖だ。

よろしくお願いします、と刑事が電話を切った。目の前でタクシーが停まり、男が降りてきた。

「森田さん？」

矢部《やべ》さん、と森田は男を見つめた。

「遅いですよ。もう試写会は始まってます」

すいません、と東洋新聞文化部記者の矢部誠《まこと》が片目をつぶった。

「二十五年ぶりの白波瀬監督の新作ですから、見逃すわけにはいきません。ただ、社を出る直前、小岩井《こいわい》さんが脳溢血で倒れたと連絡があったので……」

「字幕翻訳の小岩井登代子《とよこ》さんですか?」

奇抜なファッションと流暢《りゅうちょう》な通訳で知られる小岩井登代子はバラエティ番組の出演など、マスコミの露出も多い。

森田も仕事上の付き合いがあり、白波瀬は自作の英語版ＤＶＤを出す際、小岩井に相談するなど、親しい間柄だった。

良くないようです、と矢部が顔をしかめた。昭和の二枚目俳優と仲間内から揶揄《やゆ》されるほど、整った顔立ちの男だ。三十歳だが、大学生でも通用するかもしれない。

「うちが主催するセミナーの会場で倒れたんで、社を出にくくなって……参りましたよ。今からでも入れますか?」

受付に横川がいます、と森田は雑居ビルを指さした。

「矢部さんの席は取ってありますから、試写室へどうぞ。そうですか、小岩井さんがねえ……まだ七十前でしょう?」

六十八歳だそうです、と矢部が言った。

「森田さんこそ、どうして外にいるんです？　観なくていいんですか？」

至急の案件があって迎えを待っているところです、と森田は首を振った。

「試写の後、話せますか？　今回は東洋新聞社さんにも製作委員会に入っていただいてるんで、相談があるんですよ」

了解です、と矢部が指で丸を作った。一台のセダンが森田に近づき、運転席の窓が開いた。

乗ってください、と目付きの悪い男が小声で言った。

3

受付を済ませ、試写室に入ろうとした矢部のスマホが鳴った。着信表示に、小姑《こじゅうと》とあった。

「矢部です」

小岩井さんが危ないらしい、と国山《くにやま》キャップの甲高い声がした。小姑と呼ぶのは、何かとうるさいためだ。

文化部で美術担当が長かったが、去年の異動で映画担当キャップになった。不満なのか、いつも機嫌が悪い。

「すまんが、追悼の準備稿を送ってくれ。矢部氏は彼女と親しかったんだろ？」

国山は誰でも名前に氏をつけて呼ぶ、矢部と小岩井は大学と学部が同じで、年齢は違うが縁がないわけではない。追悼原稿を書くのは自分の役目だ、と矢部も思っていた。

夕刊の締め切りはとっくに過ぎているが、国山はウェブＴｏｙｏ Ｎｅｗｓに掲載するつもりだろう。横川に断って机を借り、スマホとタブレットを駆使して原稿を書いた。

遅刻したせいもあり、書き終えた時には試写会が始まって約三十分が経っていた。受け取った22の札を手に、そっとドアを開けた。

暗闇に目が慣れなかったが、見当をつけて右側の通路を進むと、22の席があった。

「失礼」

前に座っていた中年男が口に手を当て、急ぎ足で試写室を出て行った。映画評論家の蔵元悟《くらもとさとる》だ。

席に座ると、隣の女が視線を向けた。文流《ぶんりゅう》出版の映画雑誌、〝アートムービー〟編集長の如月《きさらぎ》奈々《なな》だった。

軽く頭を下げた矢部に、如月が小さくうなずいた。スクリーンに目をやると、黒いスーツ、黒いフード、黒いマスクを着けた女が、シャワーを浴びていた男の腹部にナイフを突き立て、深く抉《えぐ》っていた。

男はベテラン俳優の醍醐治《だいごおさむ》だが、女が誰かはわからなかった。春口燿子が主演なのは製作発表会でアナウンスがあったが、黒ずくめの女は醍醐より背が高く、身長は百八十センチ近い。春口燿子は百六十センチないし、体型も違った。

なぜ黒ずくめの女が醍醐を刺したのかはわからないが、それは遅刻したためで、言っても始まらない。

スクリーンを観ていると場面が変わり、パトカーから降りた燿子と若い刑事が聞き込みを始めた。

リアリティ皆無、と隣で如月がつぶやいた。確かに、と矢部はうなずいた。

ストーリーの流れはともかく、明らかに燿子は一般人だ。どんな事情があっても、刑事が一般人を伴って聞き込みをするはずがない。

はみ出し刑事がドラマで活躍していたのは、九〇年代半ばまでだ。あの頃はどんな無茶でも通ったが、コンプライアンスの厳しい現代において、そんな刑事は絶滅したに等しい。

ドラマでも映画でも、刑事たちはルールを守る。一般人と共に聞き込みに回るのは変だが、白波瀬の意図だろうか。

しばらく観ていると、登場人物たちの関係、ストーリー展開が何となくわかった。簡単に言えば、ヒッチコックの『サイコ』をベースに、別の有名なホラー映画のトリックを組み込んでいる。事故物件を舞台にしているのは最近の流行を取り入れたのではないか。そこに夫婦の秘密が重なる構成だ。

妻を演じる燿子視点なのは、恐怖を煽《あお》るための常道で、観客も感情移入しやすいから、サスペンスが盛り上がる。同時に〝信頼できない語り手〟でもあるので、リアリティがなくても構わない、と白波瀬は考えたようだ。

ただ、気になる点もあった。映画に仕掛けられているトリックだ。

誰にも真相は見破れない、と製作発表会で白波瀬は豪語していたし、師と仰ぐヒッチコックになぞらえ、上映後の入場を禁止すると話したが、矢部の予想が正しければ、よくあるトリックを裏返しただけになるだろう。

映像でなければ表現できないトリックだが、過去にバリエーションはいくつもある。最後に捻りを利かせても、あれの焼き直しと言われるだけだ。映画初心者はともかく、多少でも知識があれば先が読める。

四半世紀ぶりの監督作品だ。世界のシラハセの名前に傷がつかなければいいが、と矢部はスクリーンを見つめた。

上映時間が六十分を過ぎたところで、燿子の濡れ場が入った。清純派のイメージが強いが、バストトップまで露《あらわ》にしていた。

場面として明らかに浮いていたが、話題作りを狙ったのだろう、と矢部は思った。清純派のイメージが強い春口燿子がヌードになれば、ＳＮＳでバズるのは間違いない。

その後の場面で、後半は『サイコ』よりもうひとつの映画のトリックを流用しているのがはっきりした。流用というより、なぞっていると言うべきかもしれない。悪く言えばパクりだ

あのトリックを白波瀬が知らないはずがないし、受付で渡されたパンフレットに、予定上映時間は約百二十分とあったから、どんでん返しをいくつか挟んで、ラストに向かうしかない。見慣れた者なら、この時点で真相を見抜ける。

ロケと精巧に作り込まれたセットでの撮影を名人芸の編集でつなぎ、燿子と宇田川も熱演していた。通行人に至るまでベテラン俳優が配され、迫力はかつての白波瀬映画と遜色ない。

それだけに、トリックの使い方の粗さが目立った。ここからきれいに着地を決めるのは、スピルバーグでも難しいだろう。

次のシーンで伏線回収が始まったが、矢部の中ではそれも想定内だった。このままではあの、映画の二番煎じだ、と舌打ちした時、不意に如月が立ち上がり、試写室を出て行った。如月の手にあったスマホが淡い光を放っていた。

『妖奇』はクライマックスに差しかかっている。〝世界のシラハセ〟なら、誰にも予想できない手を打つかもしれない。なぜ、映画専門誌の編集長が席を立ったのか。

その理由はすぐにわかった。マナーモードにしていた矢部のスマホが震え、ＬＩＮＥが入った。

小岩井さんが亡くなった、と液晶画面に文字が並んでいた。

4

タクシーを拾い、青山の骨董《こっとう》通りへ、と如月は言った。うなずいた運転手がウインカーを出し、アクセルを踏んだ。

如月はバッグからＩＣレコーダーを取り出し、白波瀬仁監督、妖奇、と低い声で言った。試写室を出たら感想を録音する。それが如月のルーティンだ。

「二十五年ぶりの新作と話題の『妖奇』は、残念ながら退屈な映画だった。ホラー、サスペンス、ミステリーを網羅する構造は、デビュー作『銀の棺』以降、ほとんどの作品に通底する。どんなテーマ、ジャンルであれ、三つの要素を含む作劇法に映画ファンは胸を躍らせ、拍手を送ったものだ。日本にとどまらず、世界中から絶賛された映画監督の一人だが、『妖奇』は無残のひと言に尽きる」

辛辣過ぎると苦笑し、如月はＩＣレコーダーを止めた。タクシーが赤信号で停まり、窓の外に目をやった。

子供の頃から映画が好きで、高校に入った時は映画ライターになりたかった。大学を卒業し、文流出版に入社したのは、忖度《そんたく》しない編集方針で知られる〝アートムービー〟に憧れたためだ。

七年前、四十一歳の時に編集長になったが、辛口評論は雑誌の伝統で、如月もそれを受け継いでいた。

白波瀬の監督デビューは昭和三十九年なので、如月はリアルタイムの観客と言えない。高校二年の時、有楽町オデオン座で観た『二人の女』が初めての白波瀬映画だった。

大学時代、デビュー作から順にビデオとＤＶＤをレンタルし、並行して公開された二本の映画を観た。

初期と後期の作品を比べると、同じ人物が撮ったと思えないほどで、後になるほど凡庸な出来だった。これほど劣化の激しい映画監督も珍しいのではないか。

映画館で観た二本は最晩年の作品で、出会いのタイミングが最悪だったのは確かだ。誰にでも好みがある。如月と相性が悪く、だから辛辣になってしまうのか。

違う、と如月は小さく首を振った。映画には監督の人生観が反映される。白波瀬の映画はデビュー作『銀の棺』から、独善性が目立っていた。

独りよがりで、自分だけが正しく、他のすべてを認めない。将軍と呼ばれているが、その実態は暴君そのものだった。

スクリーンからそれが透けて見えたから、如月は彼の映画を受け入れることができなかった。生理的に無理、と唇からため息が漏れた。

パルムドール受賞が白波瀬の自意識肥大に拍車をかけたのだろう。東活も、スタッフも、役者たちも、マスコミも共犯と言っていい。

白波瀬の横暴を許し、時には煽った。誰もストップをかけることができず、暴走は止《とど》まるところを知らなかった。

初期の白波瀬映画が傑作揃いなのは、如月も認めている。巧みなストーリーテリング、スピーディーなサスペンスの畳み掛け、緻密な構成力ががっちりと嚙み合っていた。

時にはオカルトやホラーの要素を強く盛り込み、強引だが説得力のある映画として成立させた。独善的な性格も、ピースのひとつとしてうまく機能したのだろう。

だが、中期以降はすべてが空回りし、バランスが取れなくなった。自分でもコントロールが利かなくなっていたのかもしれない。

それでもパルムドール受賞の威光は大きく、映画評論家の評価は常に高かった。誉めなければならない空気もあった。

ただ、大衆は彼の映画がつまらない、と気づいていた。興行的な失敗が続くと、客のレベルが低い、素人に何がわかると白波瀬は意固地になり、自分の世界に閉じこもった。

キャリア末期の作品は自主製作映画に近く、見るに堪えないものばかりだった。成城の自宅で過去の作品のフィルムを切り刻んでいる、と揶揄する報道が続いたが、いつの間にかそれもなくなった。

金儲け主義の東活とは付き合えない、と白波瀬が独立を宣言した時、東活上層部は胸を撫で下ろしただろう。厄介払いができた、と思った者も多かったはずだ。

如月としては『妖奇』に淡い期待があった。得意なジャンルはサスペンスで、そこにミステリーやホラーの要素を取り入れ、観客の心を鷲摑みにしていた。後にいわゆる大作映画や時代劇を撮るようになると、サスペンス性が薄れ、同時にスピード感を失い、一気につまらなくなった。

製作記者会見で、原点に戻ると監督は語っていたが、二十五年の空白期間に溜めていたアイデアを凝縮すれば、『妖奇』が『銀の棺』と肩を並べる傑作になってもおかしくない。

そうあってほしい、と映画雑誌の編集長ではなく、一人の映画ファンとして願っていたが、外れだった。如月はＩＣレコーダーの録音ボタンを押した。

「白波瀬映画には冗長な説明、だらだらとしたオフビートな会話などの要素があり、それは個性でもあった。かってはそれを使いこなす手腕があったが、『妖奇』には何もなかった。退屈で既視感のあるストーリー、予想のつく展開が続くだけだ。ひねりもなく、百二十分でも長すぎる。パルムドールや日本アカデミー賞を受賞した過去の栄光にすがる哀れな老人の映画だ。『妖奇』は白波瀬のエゴの塊で、横暴にその力を使うことに執着する無様な姿に、ひたすら不快になるだけだった」

ハードルを下げて観た方がいい、と最後に付け加えて、如月はＩＣレコーダーを止めた。『妖奇』の試写が始まった十分後に、巻頭で特集するには値《あたい》しないとわかった。二十ページを取っていたから、代わりの企画を考えなければならない。

それに気を取られ、映画の中盤では意識がスクリーンから外れていた。実質的には観ていないのと同じだが、それが気にならないレベルの映画でもあった。

ラストのどんでん返しも、想像がついた。字幕翻訳家の小岩井が死んだという連絡に迷いなく席を立ったのは、そのためもあった。

タクシーが骨董通りに入った。二本目の角を左へ、と如月は指示した。編集部に戻ってから小岩井の自宅へ行く、と決めていた。

5

飲み過ぎた、と蔵元悟は便座に座ったまま頭を押さえた。東活試写室に入ってから、これで四度目だ。

胃の中のものをすべて吐き、黄色い胃液しか出なかったが、気分の悪さは収まらなかった。頭痛の酷さはそれ以上で、ここまでの二日酔いは経験がない。

化粧品会社に勤める傍ら、趣味で続けていた映画ブログが評判になり、ＢＳテレビの映画紹介番組の司会者に抜擢されたのは二十年ほど前、三十歳の時だった。

バイト感覚で引き受けたつもりだったが、一年後には会社を辞め、映画評論が本業になっていた。

その後、地上波の番組でコメンテーターを務め、自主製作映画コンテストの審査員、大阪と金沢の映画祭で実行委員となり、いくつかの雑誌で連載を持つようになった。

それなりに順調だが、酒が入ると潰れるまで飲み続けるのが蔵元の悪い癖で、六年前に離婚したのも酒のせいだった。

最後の巨匠、白波瀬仁の二十五年ぶりの新作試写会があるとわかっていたのに、知り合いの編集者に誘われ、新宿ゴールデン街に足を踏み入れたのが失敗だった、と蔵元はトイレの低い天井を見上げた。頭が大きく揺れた。

ビールがウイスキーになり、焼酎に変わった頃には、意識が飛んでいた。編集者も消え、目が覚めたのは三時間前、新宿のサウナだった。

どうやって東銀座の東活試写室まで来たのか、それも覚えていない。左目のレンズがない眼鏡をはめた蔵元を受付の男が不思議そうに見ていたが、どうしてレンズがないのか自分でもわからないから、言い訳のしようがなかった。

『妖奇』が始まると、すぐにトイレに立った。席で吐くわけにはいかない、と考えるだけの理性はあった。

それから二十分、便座を抱えたまま動けなかった。波のように押し寄せてくる吐き気、そして頭痛に抗するすべはなく、ただ座っているしかなかった。

ようやく席に戻ったが、その後はトイレとの往復が始まった。ぶつ切りに観た『妖奇』のローアングルが昔と変わらないと思ったぐらいで、ストーリーはわかっていないに等しい。

マニアックな気質の蔵元は白波瀬の映画をすべて観ていたし、熱心なファンでもあった。平成に入ってからの数作は世評通り観ていて辛くなるほどだったが、それまでの作品の持つ凄みはよくわかっていた。

鮮烈なデビューを飾り、映画界の寵児となったが、それは白波瀬にとって幸運でもあり、不運でもあっただろう。

昭和五十年代に入ると、日本の映画会社は大作主義への方向転換を迫られた。テレビでは撮れない、作れない作品を目指すのは、世界的な潮流でもあった。

否応《いやおう》なく、白波瀬もその渦に巻き込まれた。最後の巨匠と称された男に、東活は大バジェットの時代劇や戦争映画を撮らせたが、いずれも興行成績はふるわなかった。

昭和五十三年に始まった日本アカデミー賞で、白波瀬は二回最優秀監督賞を受賞しているが、功労賞の意味合いが強かった。五十年代に撮った映画を失敗作と断じる評論家も少なくない。

だが、それは酷だ、と蔵元は思っていた。資質に合わない大作映画を押し付けた東活の責任で、いくつかの作品では才能を示していたし、後期はともかく、この頃の白波瀬映画はもっと評価されてもいい。

白波瀬に責任があるとすれば、自らの才能を過信したことだろう。若くして大監督になったことで、役者やスタッフを固定したが、その座組みで大作映画を撮るのは無理があった。

そもそもの話だが、白波瀬は東活のオファーを断るべきだった。自分に向いた企画の映画を作っていれば、別の展開もあったのではないか。

そして、平気で予算を超過し、スケジュール管理ができない性格が最大の問題だった。時代の変化に対応できない監督を東活は扱い切れず、干すしかなくなった。

孤立した白波瀬に他の映画会社が声をかけ、二本の映画を撮ったが、貧すれば鈍するで、再晩年の映画にかつての冴えはなかった。新作を撮れなくなったのは、ある意味で当然だった。

だが、八十二歳にして、ついに『妖奇』を完成させた。しかも、得意とするサスペンスだ。ホラー、ミステリーの要素もあると聞き、試写を楽しみにしていた。

それなのに、と蔵元はトイレットペーパーで口の汚れを拭った。これでは何をしに来たのかわからない。

(もう酒は止めよう)

つぶやきが漏れたが、そうはいかないのもわかっていた。酒は蔵元の病気で、一生治ることはない。

トイレのドアを開けると、拍手の音が聞こえた。試写が終わった、と蔵元は肩を落とした。

6

有楽町駅の改札を抜け、森田は階段を早足で上がった。成城西警察署で白波瀬の死体を発見した時の事情を詳しく聞かれたが、思っていたより長引き、電車で戻った方が早いと小田急線と地下鉄を乗り継いで戻ったが、試写会の終わりに間に合うかどうか、微妙なところだった。

プロデューサーが試写室にいないなんて前代未聞だ、と森田はつぶやいた。これだから警察は、と地上に出て晴海通りを半ば駆け足で進んだ。

監督が死んでも、映画は残る。八十二歳という高齢を押して、白波瀬は連日徹夜で編集作業を進めていた。

何としても『妖奇』を成功させる。それが白波瀬の弔いになるだろう。

それにしても奇妙な話だ、と森田は昨夜の記憶を辿った。編集が終わったからフィルムを取りに来てくれと電話があったのは、真夜中三時だ。

小平の自宅から成城までタクシーで行ったが、着いたのは四時だった。地下室で倒れていた白波瀬を見つけ、すぐ一一九番通報した。

八十二歳の白波瀬が疲弊し切っていたのは想像がついた。すべてを一人でやるのはいつものことだが、無理に無理を重ねて、完成した安堵感から気を失ってしまったのだろう。

わからないのは、顔が焼けていたことだ。ヘビースモーカーの白波瀬が作業中に煙草を吸い、その火がフィルムに燃え移ったと警察は考えているようだが、編集機と灰皿は五メートルほど離れていた。カットしたフィルムを灰皿のそばに捨てていたのか。

はっきり覚えていないが、そこにゴミ箱はなかった気がする。フィルムを床に直接捨てていたように見えた。

白波瀬はフィルムへのこだわりが強く、扱いが丁寧なのは森田も知っていた。不要なフィルムでも、無造作に捨てるとは考えにくい。

もうひとつ、刑事も指摘していたが、顔の焼け方に比して、フィルムの燃えかすが少なかった。どれほど激しく燃えたとしても、あの量で顔が黒焦げになるとは思えない。

不審死なので遺体は解剖に回す、と刑事は話していた。今夜中に死因がはっきりするだろう。事件でなければいいが、と森田は額の汗を手の甲で拭った。公開まで十日しかない。編集が遅れたため、すべてが後手に回っていた。

社内試写、映倫の審査を経て、フィルムをデジタル変換し、全国に二百五十館ある東活系列の映画館にデータを送らなければならない。

独自に開発したデータ送信システムによって、本社から送れば数分で済むが、その確認もプロデューサーの仕事だ。

監督の役割は映画を完成させることだが、プロデューサーは公開が始まってから、その手腕が問われる。

（何としても当てなければ）

アニメや特撮映画のヒットはあるが、もう十年以上、東活製作の実写映画で年間興行収入のベストテンに入った作品はなかった。

ここで大ヒットを打たなければ七十年の歴史を誇る東活が終わる、という危機感が森田の中にあった。

編集の遅れにより、パブリシティが不十分なまま、進めざるを得なくなった。宣伝費として計上していた五億円も、ほとんどが製作費に充当され、残りは一億を切っている。これではテレビスポットも打てない。

だが、白波瀬の死で状況が変わった。『妖奇』はホラー要素が強いサスペンス映画で、監督や出演者の不審な死は宣伝に使える。

かつて『ポルターガイスト２』で同じ戦略が使われ、世界中でヒットした例もある。

（宣伝戦略を練り直そう）

試写室に向かっていた森田の足が止まった。前方から凄まじい悲鳴が聞こえていた。

Film2
死人たち

1

拍手の音に、凪は目を開けた。スクリーンに〝脚本・監督白波瀬仁〟とクレジットがあった。

辺りを見回すと、誰もが表情のない顔で手を叩いていた。客電もついている。『妖奇』をどこまで観ていたのか、記憶は朧《おぼろ》だった。

『本日は『妖奇』の関係者試写会にご来場いただき、ありがとうございました。お忘れ物のないように――』

女性のアナウンスが流れたが、拍手は続いていた。開いた試写室のドアを抜け、一人、また一人と出て行く。話し声は聞こえなかった。

ドアに向かった長尾に、すいません、と凪は後ろから声をかけた。

「あの……ところどころ、わからないシーンがあって……編集長？」

振り向いた長尾が顔の下半分だけで笑っていた。凪を見ているが、目の焦点が定まっていない。

「編集長？」

長尾の手がゆっくりと動き、拍手を始めた。最初は小さな音だったが、どんどん大きくなっていく。手ではなく、シンバルを鳴らしているようだった。

まずい、と凪は目を伏せた。これは皮肉だ。凪の寝落ちに、長尾は気づいている。ドアを手で押さえたまま、ありがとうございました、と横川が頭を下げていた。その前を長尾が通り過ぎた。

こんなの初めてです、と興奮した様子で横川が凪に話しかけた。

「皆さん、顔が強ばっていて、よほど怖かったんでしょう。期待できるな……里中さん、取材用の資料をお渡ししておきます。メールでも送ってますが――」

クリアファイルを受け取り、凪は早足で長尾の後を追った。声をかけたが、振り向くことなく長尾が雑居ビルを出た。

四月下旬、夕方六時。陽が暮れかけていたが、晴海通りには人通りが多かった。数人の通行人が足を止めていた。彼らが見ているのは、五十メートルほど先の歩道橋だった。

視線に気づいたのか、近くにいた者たちも歩道橋に目を向けた。何かが連鎖したように、周囲の人たちがその場で立ち止まった。

凪は長尾の肩越しに、歩道橋を見つめた。その縁に二十人が上がっていた。

数人の顔が見えた。『妖奇』の撮影を担当したカメラマンの熊田太郎、照明の出川辰雄《たつお》、美術の石岡英美《ひでみ》。スポーツ紙の記者、情報番組のディレクターもいた。

二十人が手を繋ぎ、歩道橋の縁に立っている。危ないぞ、という声が四方から聞こえた。降りろ、と叫ぶ者もいた。

次の瞬間、二十人が一斉に飛び降りた。約五メートルの高さがある。ぐしゃり、という鈍い音がいくつも重なった。

女性のつんざくような悲鳴、車の急ブレーキ音、クラクション、警察を呼べ、という怒鳴り声が交錯した。

何が起きているのか、凪にはわからなかった。車道に二十人の体が転がっていた。

頭が割れ、真っ赤な血を流している者。腕や足があり得ない角度で曲がっている者。道路が赤く染まっていた。

急停車した車から降りたドライバーが、死体を見つめている。道路を囲んでいた者たちがスマホをかざし、撮影を始めた。晴海通りを凄まじい喧噪が覆った。

「どうしたんですか?」

後ろから駆け寄ってきた横川が叫んだ。編集長、と凪は長尾の腕を摑んだ。

「何が――」

凪の手を振り払った長尾が晴海通りを渡った。そのまま、走ってきたセダンに頭から突っ込んだ。

クラクションと衝突音。撥ね飛ばされた長尾の体が道路に落ち、その上から別の車が轢《ひ》いた。

ちぎれた足がタイヤに絡まり、引きずられていく。十メートルほどで停まったが、足はそのままだった。

人の波をかきわけるようにして、男が出てきた。プロデューサーの森田だった。

「横川、どうした？　何があった？」

わかりません、と顔を真っ白にした横川が震える声で答えた。

「何が何だか……『妖奇』のスタッフやマスコミの記者が歩道橋から飛び降りて……」

「誰が飛び降りたって？」

一人じゃありません、と横川が言った。

「あそこを見てください。カメラマンの熊田さんが倒れています。他にも大勢……」

振り返った森田の腰が落ち、道路に座り込んだ。信じられない、とその口からつぶやきが漏れた。

「十人……もっとか？　見てたのか？　何であんなことに？」

悲鳴が聞こえて飛び出したんです、と横川が口を手で押さえた。

「ぼくが見た時には、もう……」

あそこで倒れているのは長尾編集長ですか？　と森田が凪に目をやった。

「道を渡ろうとして、はねられたんですか？」

違います、と凪は首を振った。何かが壊れたのか、まばたきが止まらなくなっていた。

「自分から……飛び込んだんです」

「あの人たちも？」

森田が歩道橋の下を指さした。そうとしか思えません、と凪はうなずいた。

「スタッフやマスコミ関係者が手を繋いで、歩道橋の縁に上がったんです。そのまま……飛び降りて……」

なぜだ、と座ったまま森田がこめかみを両手で何度も叩いた。

「映画が完成したのに、なぜ自殺を？」

横川さん、と雑居ビルから出てきた若い女性が細い声で言った。東活宣伝部のアシスタントで、凪も顔に見覚えがあった。

「これを……見てください。宇田川翔理さんのファンが撮ったインスタのストーリーなんですが……」

女性が差し出したスマホを横川が手に取った。覗き込んだ凪の目に、テーブルを囲む翔理と二人の女性、そしてスーツ姿の中年男が映った。

あの店です、と横川が二十メートルほど離れたスペイン風バルを指さした。

「行ったことがあります。ストーリーは五分前にアップされていますが――」

ビールのジョッキを四つ持ったウエイターが近づいていく。翔理たちがテーブルのナイフを手にした。

いきなり、四人が自分の喉をナイフで切り裂いた。ウエイターの手から落ちたジョッキから、ビールの泡が飛び散った。

周りの席にいた客たちが立ち上がり、何人かは椅子ごと転倒していた。翔理たちの首から血が溢《あふ》れ、テーブルを真っ赤に染めていた。

小宮山《こみやま》、と横川が女性を呼んだ。

「宇田川さんも試写会に来てたよな？」

はい、と小宮山がうなずいた。

「二人の女性はスタイリストとメイクの方です。スーツの男性は宇田川さんのマネージャーだと思います」

ＬＩＮＥの着信音が鳴った。自分のスマホだと気づき、凪は編集部の北川《きたがわ》からのビデオ通話をオンにした。

やっと出た、と北川が苦笑する顔が映った。

「編集長に電話したんだけど、出ないからさ。試写会、終わったんだろ？　たった今、日比谷線で集団飛び込み自殺があったって、ニュース速報が入ってさ。全線ストップしたらしい。会社に戻ったら会議をやるって編集長が言ってただろ？　遅くなるようなら、先にメシに行っていいか、聞いてくれないか？」

何も言わず、凪はスマホを歩道橋下の道路に向けた。何だこりゃ、と北川の声がしたが、答えることはできなかった。

2

二日後、四月二十二日の夕方五時、凪は飯倉片町の教会の正面入り口の前に立った。小岩井登代子の葬儀が始まり、人の列がゆっくり進んでいた。

小岩井がカトリック信者なのは、映画業界でも広く知られていた。ネイティブのように英語を話すのは、子供の頃から教会に通い、司祭に教わっていたからで、海外の映画スターが来日した際に通訳を務めるようになったのもそのためだ。

高校在学中に配給会社で通訳のアルバイトを始めた小岩井の映画とのかかわりは五十年に及ぶ。字幕翻訳家としても四十年近い。故人を偲《しの》び、訪れる弔問客の列が長く続いていた。

肩に手を置かれ、凪は飛び上がった。どうした、と矢部誠が慌てたように手を引いた。

「そんなに驚かなくてもいいだろう。ここで待ってると言ったのは、君なんだぞ？」

ごめん、と凪はつぶやいた。頬が引きつり、口がうまく回らない。

大変だったな、と矢部が慰め顔で言った。今朝は編集長の告別式だった、と凪はため息をついた。

「会社も大騒ぎよ。昨日は役員会議に呼ばれて、何があったんだって質問攻めにされた。そんなこと言われても……いきなり編集長が道路に飛び出して、走ってきた車にはねられたとしか……」

長尾さんと一緒にいたのは君だ、と矢部が凪の腕を引いた。並んでいた列の邪魔になる、と思ったようだ。

「社長や役員としても、一部始終を見ていた君に話を聞くしかない。答えようがないのはわかるけどね」

一昨日の悪夢のような光景が凪の脳裏に浮かんだ。歩道橋から飛び降りた二十人の男女。走ってきた車に飛び込んだ長尾。Ｉｎｓｔａｇｒａｍに映っていた宇田川翔理たち。すべてが血に染まっていた。

警察にも事情を聞かれたんだよな、と矢部が言った。連絡が中途半端になってごめんね、と凪は小さく頭を下げた。

「いろんなことが立て続けに起きて、誠にＬＩＮＥを送ったけど、その間も電話、メール、ＬＩＮＥが引っ切りなしに入って……誰に何をどこまで話したか、よくわからなくなった。誠には直接話した方がいいって思ったの」

ちょうど一年前、大学時代のサークル仲間に誘われ、マスコミ研究会の懇親会に行った。矢部と出会ったのはそこだった。

同じ大学だが、五歳上の矢部とはサークル活動の時期が被《かぶ》っていない。新聞記者になった先輩がいる、と聞いたことがあったが、名前までは知らなかった。

サークル名通り、卒業生にはマスコミに就職した者が多い。懇親会は情報交換会としての側面もあった。

海潮社に入社した凪も、テレビ局や新聞社に勤めている者と親しくなり、コネを広げたいと考えていた。

凪が入部した時、三年だった先輩が矢部と親しかったこともあり、打ち解けるまで時間はかからなかった。

ウェブ会社に勤めていたもう一人を加え、定期的に会うようになった。お互いに好意を持っているのはすぐわかったが、どちらも一歩踏み出せずにいた。

だが、半年前、凪の異動が決まると、一気に距離が縮まった。映画雑誌の編集者と新聞社の文化部記者は相性がいい。つきあうようになって、五カ月が経っていた。

一昨日の夜、警察から電話があったの、と凪は話し始めた。

「歩道橋から飛び降りた二十人、近くのバルで自ら喉をナイフで刺して死んだ四人、東銀座駅のホームドアを乗り越えて、走ってきた地下鉄に飛び込んだ十九人、全員が試写会に来ていた。そこで何かあったのか、不審なことはなかったかって、質問された。その時聞いたけど、試写室で映写技師が首を吊って死んでいたそうよ」

長尾さんもだ、と矢部が小声で言った。四十五人が不審死している、と凪はうなずいた。

「それは誠にもＬＩＮＥしたよね？　事情聴取って書いたけど、取り調べを受けたわけじゃない」

　そりゃそうだろう、と矢部が額に垂れた前髪を直した。

「君が四十五人を殺したわけじゃないんだ。うちの社会部の記者の話だと、警察は自殺の線で捜査を始めたらしい。一種の集団パニックを起こしたんじゃないか、そんな話も出ていたな。『妖奇』を観て、恐怖でパニックになり、感情のコントロールができないまま死を選んだ……レミングの暴走みたいなもんだ。奇妙な話だけど、例がないわけじゃない」

　怖かった、と凪は矢部の腕を摑んだ。

「目の前で……人が何人も死んでいったの。見ていたけど、頭が追いつかなかった。止めるどころか、悲鳴を上げる間もなくて……その前から、長尾編集長の様子はおかしかった。わたしが摑んでいた手を振り払って――」

　もう止《よ》せ、と矢部が首を振った。

「ぼくも現場の動画を見た。通行人が撮影していたんだ。ネットはアップされた動画で埋め尽くされている。地獄絵図だよ……もう君は見ない方がいい」

「うん」

「昨日の午後、ＹｏｕＴｕｂｅが動画の削除を始めたと発表があったけど、追いつくわけがない。動画のコピーがコピーを生み、どんどん拡散している。Ｘのリポスト、Ｉｎｓｔａｇｒａｍのシェア……ウェブの規制は緩いから、どうにもならないだろうな。文科省が未成年者の閲覧を一時的に禁止する方向で調整していると聞いた」

「あなたも試写会に来てたんでしょ？」

遅刻したんだ、と矢部が頭を掻いた。

「社を出る直前、小岩井さんが脳溢血で倒れたって一報が入って、動けなくなったんだ。小康状態が続いてるって連絡があったから、東活試写室に行ったけど、受付で追悼記事の準備稿を書いたよ。小岩井さんはぼくや君の大学の先輩だから、お前が書けと上に言われたら断れない」

「どうしてあんなことに？　集団パニックって本当なの？」

そう言われても、と矢部が肩をすくめた。

「専門家じゃないし、聞いた話をしてるだけだ。それでも、説明はつくと思うよ。集団心理のメカニズムは研究されているけど、恐怖が引き金で暴走することが多いらしい。それだけ『妖奇』が恐ろしかったんじゃないか？」

違うと思う、と凪は囁いた。

「試写が終わった時……わたし以外、あの場にいた全員が拍手をしていた」

「スタンディングオベーションだろ？　映画祭では珍しくない。監督へのリスペクトから——」

そうじゃない、と凪は左右に目をやった。

「取り憑かれたように、誰もが手を強く叩いていた。あれは拍手や喝采じゃない。割れんばかりの拍手っていうけど、あんな叩き方をしていたら骨折する……凄まじかったとしか言えない。誠は見てなかったの？」

最後までいなかったんだ、と矢部が顔をしかめた。

「小岩井さんが亡くなったと連絡があって、社に戻った。『妖奇』の展開が読めたせいもある。最後まで見なくても記事は書けるし、新聞社としては小岩井さんの死の方がニュースバリューは高い。彼女の本業は字幕翻訳家だけど、タレントとして知られていたからね」

異様な光景だった、と凪は矢部を見つめた。

「〝世界のシラハセ〟二十五年ぶりの新作だし、スタッフは白波瀬組の常連だから、スタンディングオベーションをするのはわかる。でも、あんな拍手はあり得ない。それに、横川さんも言ってたけど、みんな顔が変だった」

「顔が変って？」

表情がなかった、と凪は自分の頬に触れた。

「ほら、横川さんは受付にいたから、試写を観てないでしょ？　出てくる人たちを見て、よっぽど怖かったんですねって言ってたけど、恐怖で表情をなくしたわけじゃない。何ていうか、魂を失ったみたいな……」

ぼくは『妖奇』を中途半端にしか観ていない、と矢部が苦笑した。

「さっきも言ったけど、遅刻した上に、小岩井さんの追悼準備稿を書いてから試写室に入ったんだ。記者失格だけど、観ないわけにもいかないしね……それなりによく出来ていたと思うな。君も〝シラハセ・ダーク〟は知ってるだろ？」

「うん」

「陰影のつけ方が抜群だった。フィルムで撮影しているから、独特のざらついた感じも出ていたし――」

技術論はどうでもいい、と凪は手を振った。

「客電がついて、それぞれの顔がはっきり見えたの。おかしなことを言うようだけど、全部同じ顔だった……無機質で、感情がなかったの。長尾編集長も同じ。声をかけたら、振り向いて笑ったけど、それは顔の下だけで、目はわたしを見ていなかった」

一昨日の深夜のニュース、昨日のワイドショー、と矢部が指を折った。

「どこも事件を大きく扱っていた。今日だってそうだ。あの時東銀座にいた人たちも、君と似たようなことを言ってたな。操り人形のようだった、何かに突き動かされているようだった……催眠術にかかっているように見えた、と話していた人もいたよ。集団催眠ってことかな？そう考えると、ますます納得がいく」

「どうして？」

君は無事だった、と矢部が凪の手を握った。

『『妖奇』の試写を観た者が恐怖でパニックになり、集団パニックを起こして自殺したとすれば、君もその渦に巻き込まれていないとおかしい。集団パニックに個人の意志は関係ない。一人が右に行けば全員が右へ、左なら左へ行く」

「そうね」

「だけど、催眠は違う。体質的に絶対にかからない人がいるんだ。君もそうだったんだろう。だから死なずに済んだ……そういうことじゃないか？」

よくわからない、と凪はつぶやいた。何も考えられなかったし、考えたくなかった。

列が空いた、と矢部が教会に入った。中は広く、五人掛けの長椅子が左右に十脚ずつ並んでいた。

座っている人たちが、小声で囁きを交わしていた。小岩井の親戚、あるいは親しかった者たちだろう。

キリスト教の結婚式に出たことはあるけど、と凪は矢部の耳元で言った。

「葬儀は初めて。誠は？」

言われてみるとないな、と矢部が鼻の頭を掻いた。

「総務に聞いたんだけど、詳しい人がいなくてね。平服でも構わないって言われたけど、さすがになあ……黒のスーツにしておいてよかったよ」

凪も黒のワンピースを着ていた。葬儀そのものに不慣れなので、形から入るしかない。

前を歩く人に続いて歩を進めると、正面に棺があった。小岩井の遺体が白い布で覆われ、顔だけが見えた。棺の周りは白い花で埋められていた。

棺の脇で、三十代半ばの女性が頭を下げた。小岩井は映画と結婚したと称し、独身だったから、姪かもしれない。

凪は手を合わせ、黙って頭《こうべ》を垂れた。振り向くと、人の列が続いていた。

3

教会を出て、蔵元は喪服のポケットからマールボロを取り出したが、禁煙とわかってすぐに戻した。

教会に喫煙所はない。ヘビースモーカーには向かない場所だ、と蔵元は苦笑を浮かべた。

道路を挟んだ向かいに、駐車場のついたコンビニがあった。ゴミ箱の脇の灰皿を目で確かめ、蔵元は道を渡った。

マールボロを取り出すと、奇遇ね、とコンビニから出てきた如月が隣に立ち、細い煙草をくわえた。

奇遇ってことはないでしょう、と蔵元は百円ライターで如月の煙草に火をつけた。

「小岩井さんは字幕翻訳家の第一人者です。これでも映画評論で飯を食ってる身ですから、葬式に出るのは当たり前じゃないですか」

今日だけのことを言ってるんじゃない、と如月が煙を吐いた。

「一昨日の試写会で、あなたはわたしの前に座っていた。酷いアルコール臭が漂ってきたのを覚えてる」

毎度のことです、と蔵元は苦笑した。年齢は蔵元の方が二歳上だが、映画業界でのキャリアは如月が一年先輩になる。そのため、敬語で話すのが習慣になっていた。

「蔵元くんとも付き合いが長いよね。もう二十四年？　五年？」

そんなところでしょう、と蔵元は答えた。昔から酒癖は悪いけど、と如月が煙草の灰を落とした。

「一昨日は特に酷かった。最後の巨匠、白波瀬仁の二十五年ぶりの新作よ？　席とトイレを行ったり来たりで、よく映画評論家が務まるわね」

相変わらず手厳しいですね、と蔵元は二本目の煙草を指に挟んだ。

「あんな悪酔いは久しぶりでした。反省してます」

いい歳して、と如月が皮肉な笑みを浮かべた。

「無頼を気取ってどうするの？　もうそんな時代じゃないわよ」

そういうわけじゃありません、と蔵元は如月に目をやった。

「そっちこそ、場をわきまえた方がいいんじゃないですか？　葬式にオレンジのスーツはないでしょう」

いつも通りよ、と如月が言った。確かに、と蔵元はうなずいた。

編集者は地味なファッションを好むし、映画雑誌の編集者には黒っぽい服を着る者が多い。だが、如月は違った。原色をフルに使った服を着て出社し、取材にも行く。

整った顔立ちなので、女優と間違われることも多い。だが、口を開けば鋭い舌鋒《ぜっぽう》で映画を酷評する。そのギャップが如月のキャラクターになっていた。

「結局、蔵元くんは『妖奇』を観てないんでしょ？」

否定しません、と蔵元は肩をすくめた。

「体調が悪過ぎて、映画どころじゃありませんでした。でも、如月さんは？　ぼくがトイレから席に戻った時、あなたはいなかった。最後まで観ないで帰ったんですか？　映画雑誌の編集長として、それはどうなんですかね」

仕方ないじゃない、とくわえ煙草のまま如月が教会に顔を向けた。

「小岩井さんが亡くなったって、編集部から連絡があった。女性編集者は誰でも彼女に感謝とリスペクトがある。小岩井さんが道を切り開いてくれなかったら、わたしは編集長になっていない。はっきり言うけど、あのつまらない映画より、小岩井さんの方がわたしにとって大事だった。クライマックスの謎解きの先は観ていないけど、どうでもいいと思ったの」

つまらないは言い過ぎでしょう、と蔵元は首を振った。

「映画が斜陽産業になった昭和五十年代、邦画界を牽引《けんいん》していた代表的な監督が白波瀬さんです。あなただって、初期の白波瀬映画は評価していたはずです」

最初の十年だけよ、と如月が言った。

「白波瀬仁は昭和四十年代を代表する映画監督の一人で、わたしというより、世界がそれを認めている。五十年代の作品にも観るべきものはある。でも、それ以降は酷い。断言するけど、

『妖奇』は失敗作よ。蔵元くんは熱烈な白波瀬信者だから、そんなことはないと言うだろうけど……評論家なら過去の作品と切り離して考えるべきだし、そもそも白波瀬映画は評判倒れの作品が多い。それは贔屓《ひいき》の引き倒しよ」

偏見が過ぎます、と蔵元は煙草に火をつけた。

「あなたは昔から白波瀬映画が嫌いだった。それはわかってます。好き嫌いは誰にでもありますが、嫌いだから酷評するのは違うでしょう」

失笑した如月に、説得力がないのはわかってます、と蔵元は言った。

「ぼくは『妖奇』をきちんと観ていないから、何を言っても響きませんよね。ただ、あなたもラストを観ていません。そんなぼくたちが傑作だ、失敗作だと言っても始まりませんよ」

そうね、と如月が灰皿で煙草をもみ消した。

「話を変えましょう。小岩井さんの訃報を聞いて、わたしは試写室を出たから、直接見ていないけど、あの後何十人もの人が死んだ……蔵元くんは見たの？」

如月の問いに、死体の山はね、と蔵元は答えた。

「試写室を出たら、凄まじいことになっていましたよ。『プライベート・ライアン』を彷彿《ほうふつ》とさせる光景で、現実とは思えませんでした」

ネットに映像がアップされていた、と如月が眉を顰《ひそ》めた。

「地獄さながらだった……もっと酷いかもしれない。宇田川翔理たちや地下鉄の集団自殺は見た？」

　ホラー映画は好きですが、と蔵元は頭を掻いた。

「リアルは苦手なんです。ちらっと見ましたけど、それ以上は無理でした」

　どうしてあんなことが起きたのか、と如月が小さく首を傾げた。

「昨日は一日中あのニュースばかりだった。テレビではモザイク処理をしていたけど、それでもやり過ぎよ。公共の電波に乗せていい映像じゃない」

　ニュースはぼくも見ました、と蔵元は言った。

「ですが、結局はネットで見ますからね。歩道橋から飛び降りたのは『妖奇』のスタッフで、誰なのかもわかりましたよ。翔理くんたちや地下鉄に飛び込んだ人たちも『妖奇』の関係者です。今朝のスポーツ紙はどこも映画の呪いだ、祟《たた》りだと一面に見出しを並べてましたけど、そんな話になるのも無理ないでしょうね」

　喜んでるのは東活だけ、と如月が苦笑した。

「宣伝効果は五十億円を超える。『妖奇』は来週金曜の公開だけど、チケットのウェブ予約にアクセスできないって、クレームが殺到しているそうよ。興行収入百億円どころか、実写映画の記録を塗り替えてもおかしくない」

　上映中止の噂もあります、と蔵元は肩をすくめた。

「囲み取材で、松浦《まつうら》文科大臣がそんなコメントを出したとネットニュースで流れてました。もっとも、映画の呪いで人が死んだなんて、公式に認めるわけにはいきません。強引に上映を中止すれば、事実上の検閲です。そんなことになったら、全メディアが抗議しますよ」

それでも上映を中止する手はある、と如月が長い息を吐いた。

「映画は映倫を通さないと公開できない。森田プロデューサーに問い合わせたけど、白波瀬監督が編集を終えたのは四月十九日の夜中で、それどころじゃなかったと話していた。東活社内の試写もまだよ。ホラーの要素もあるし、ベッドシーンもあるから、『妖奇』のレイティングは最低でもPG12……R15＋かもしれない。十五歳未満は見ちゃダメってこと。残酷過ぎて社会的に許容できないと映倫が決めれば、上映を中止できる」

どうですかね、と蔵元は首を傾げた。

「映倫はあくまでも映画会社の自主審査機関で、よく指摘されるように業界のアリバイ作りのためにあります。きちんと審査しているから問題ない、国の検閲は拒否する、そういうスタンスです。最近は映倫を通さない自主製作映画も増えていますし、映画館によってはそういう作品を集めて上映することも珍しくありません」

「そうね」

東活はメジャー映画会社トップスリーの一社ですけど、と蔵元は言った。

「金のためなら義理も人情も欠くのが伝統です。インディーズ映画なら、映倫を無視して公開しても法的な問題はありません。腐っても映画人ですから、腹を括《くく》れば何でもしますよ。数日前、白波瀬監督の編集が遅れてるんで、場合によっては映倫を通さないかもしれない、とプロデューサーの森田さんに聞きました」

公開の前倒を役員会で検討してるって噂よ、と如月がスマホに目をやった。

「最短で週明けの月曜、四日後ね……この三十年、宝映の一強が続いてる。でも、それ以前は東活が邦画界の盟主だった。逆転するなら今しかない、そんな話も出ているんじゃない？」

「あり得ますね」

「どんな大企業でも、目先のことしか考えられなくなっている。これだけ話題になれば、二百億円興行も夢じゃない。ギャンブルの価値はあるかもね」

映画は博打だ。その構図は世界共通で、莫大な製作費、アカデミー賞監督や俳優、スタッフを集めても、外れる時は外れる。

逆に、低予算でも特大ホームランが出ることがある。二〇〇七年公開の『パラノーマル・アクティビティ』は一万五千ドルの製作費で、興行収入一億ドルを叩き出した。

映画人はその魔力に魅入られ、どれだけ負けても一度の勝ちですべてを引っ繰り返せると信じ、何もかもを賭けて博打を続ける。

破産し、自殺したプロデューサーは数え切れない。無茶な撮影のために命を落としたスタッフ、キャストも少なくなかった。逆に言えば、勝つためならどんな汚い手でも使うだろう。

『妖奇』は社会現象と化している。勢いのまま突き進めば必ず勝てる、と東活の経営陣が考えるのは想像するまでもなかった。

ヒットのためなら親でも売るのが映画人だし、それが美徳とされる業界だ。一般的な常識ではあり得ないことが起きる。

もっと簡単に、損得勘定で考えることもできた。上映中止になれば、製作費の十五億円、宣伝費の五億円、トータル二十億円が塵《ちり》と化す。

それなら映倫を通さず、上映した方が得だ。最悪、社長が辞めればそれで済む。社長の首ひとつで二百億円の興行収入なら安いものだ。

気になることがある、と如月が蔵元に視線を向けた。

「なぜ、四十五人は自殺したのか……それですね?」

ぼくも疑問でしたと言った蔵元に、違う、と如月が薄い唇を噛んだ。

「なぜ、わたしと蔵元くんは自殺しなかったのか。どうして無事でいるのか……説明できる?」

無言で蔵元は煙草をふかした。焦げた味がしただけだった。

着信音が鳴り、知らない番号ね、と首を振った如月がスマホを耳に当てた。警視庁科学捜査研究所の鳥居《とりい》です、と早口の男の声が聞こえた。

Film3
心霊動画

1

教会を出ると、賛美歌が聞こえた。失礼、という背後からの声に凪が顔を向けると、中年の男が立っていた。

中肉中背、特徴のない顔に愛想笑いを浮かべたまま、男が警察手帳を見せた。

「警視庁捜査一課四係の栗川《くりかわ》と申します。東洋新聞社の矢部誠さん、海潮社の里中凪さんですね？　少しお話を伺ってもよろしいですか？」

何でしょう、と隣にいた誠が一歩前に出た。

「昨日、東銀座署の刑事さんが社に来て、事情を聞かれましたが、何が起きたのか、ぼくもよくわかっていなくて……」

そうでしょうね、と栗川がうなずいた。

「所轄から報告書が上がってきたので、私も事態は把握しているつもりです。大ざっぱな言い方をすれば、あの場にいたやじ馬たちと同じで、あなたたちは飛び降りる彼らを見ていただけ、ということになります」

それは違います、と凪は栗川を睨んだ。

「何もできなかったのはその通りですけど、走って止めに行っても、間に合わなかったでしょう。それに、まさか飛び降りるなんて思ってませんでしたし……」

止める間もなかったとやじ馬たちも話していました、と栗川が言った。

「咎めているわけじゃありません。そんな怖い顔をしなくてもいいでしょう……。ところで、白波瀬監督の不審死はご存じですか？」

「不審死？　どういうことです？」

自宅で倒れたようだと同僚の記者に聞きましたが、と誠が言った。

「それ以上詳しくは知りません。亡くなったんですか？」

まだ捜査中でして、と栗川が指を唇に当てた。

「詳しい死因を調べていたところに、試写室に来ていた四十五人が異常な形で死んだと連絡が入ったんです。関係があるんじゃないかと意見が出まして、二つの事件を私の班が担当することになりました」

参りました、と栗川が首筋を指で掻いた。

「今のところ殺人事件ではないので、捜査本部は設置されません。しかし、ここだけの話、白波瀬さんの死には不明な点が山ほどあります。四十五人の死についても、マスコミの見出しを借りれば、謎の集団自殺ですよ。うちの班の五人で調べろと言われても……」

愚痴っぽい話し方は栗川の癖のようだ。何を聞きたいんですと尋ねた誠に、目撃情報は余るほどあります、と栗川が言った。

「あなた方もそうだし、東活の森田プロデューサー、宣伝部の社員、歩道橋付近にいた大勢の人たち、バルにいた十人以上の客やウエイター、地下鉄での飛び込み自殺を目撃していた乗降客、駅員……数え上げたら、きりがありません」

証言はほぼ同じです、と栗川が話を続けた。四十代後半だろうと凪は見当をつけていたが、飄々《ひょうひょう》とした物言いは老人のようだった。

「歩道橋からいきなり二十人が飛び降りた、試写室近くの店で俳優、スタッフが自分の喉にナイフを突き立てた、突然ホームドアを乗り越えた男女が地下鉄にダイブした、何が起きているのかわからなかった、今も自分の目が信じられない……昨日の夜八時の段階で、私の部下が報告書をまとめましたが、結論としては原因不明のまま四十五人が死亡したということになります」

そうは言っても、と栗川が口元を曲げた。

「警察は事件を解決しなければなりません。あんな形で人が死ぬのは異常ですし、不可解でもあります。原因は何か突き止めろってことにもなりますよ。ネットじゃ映画の呪いだ、祟《たた》りだ、と凄まじい騒ぎになっていますが、それは知ってますよね？」

はい、と凪と誠は同時に答えた。呪いで人が死んだらたまったもんじゃありません、と栗川が顔をしかめた。

「一人二人ならともかく、四十五人ともなると、警察としては事件として扱わざるを得ません。

そうなると、彼らの死を合理的に説明しなきゃならなくなります。映画の呪いで死にました、警視庁がそんな記者会見を開いたら、警視総監以下幹部は全員更迭ですよ……話が逸れましたね。お二人に伺いたかったのは、これなんです」

栗川が古い革のカバンからタブレットを取り出した。

「改めて状況を説明しますと、二十人が飛び降りた歩道橋は晴海通りにありました。矢部さんは新聞社にお勤めですからご存じかもしれませんが、大きな通りには警視庁の防犯カメラが設置されているんです」

知っています、と誠が言った。ほとんどが信号機に設置されたカメラの映像です、と栗川がタブレットをスワイプした。

「便利になりましたよ。ひと昔前なら、本庁までご足労願えますかってことになったんですが……飛び降り自殺に関して言いますと、通行人の多くがスマホで撮影していました。状況を考えれば、当然かもしれません。そういう時代ってことです」

いいんだか悪いんだか、と栗川が頭を掻いた。

「二十人が歩道橋の縁に立ったら、何をしてるんだ、と誰でもスマホのカメラを向けます。反射神経みたいなものですね。動画をネットにアップしたり、テレビ局に提供した方もいました。ところが、彼らのカメラに映っていないものが、警視庁の防犯カメラにだけ映っていたんです。奇妙な話だと思いませんか？」

カメラの角度でしょうかと尋ねた凪に、スマホのカメラはあらゆる方向から現場を撮影していました、と栗川が答えた。

「機種によっては警視庁より高性能のレンズを搭載しているスマホもあります。警視庁の防犯カメラは、簡単に交換できません。新型が出たから買い替えろとか、そんなことは言えませんよ……話が逸れるのは私の悪い癖です。画面を見てもらえますか？」

栗川がタブレットを指で叩いた。

「防犯カメラは固定されているので、角度は一定です。少し再生速度を落としましょう。〇・七倍速です。二十人が手を繋ぎ、一斉に歩道橋の縁に立ちます……そう言いたいところですが、正確には一斉にではありません。まず真ん中の六人、次に左側の九人、そして右側の五人です。画面の右を見てください」

おかしいな、と誠が囁いた。

「五人とも手を使っていないように見えます。どうやって縁に上がったんですか？」

妙でしょう、と栗川が動画を一時停止にした。

「歩道橋の縁は一・五メートルの高さがあります。身軽な人でも、飛び乗るのは無理ですよ。普通はまず両手を縁に掛け、体を持ち上げます。いきなり飛び乗ったら、落ちる危険性がありますからね」

縁の幅は三十センチほどだと思います、と誠が画面に指を当てて測った。

「危なくて、飛び乗るなんてできませんよ。最後の五人ですが、一人は音楽担当の千家《せんけ》さんです。八十三歳だったかな？　杖がないと歩けないはずですが……」

凪はタブレットの画面を見つめた。右端の老人の腰が大きく曲がっていた。

おっしゃる通りです、と栗川が指で画面を拡大した。

「この男性は千家幸雄《ゆきお》さんで、白波瀬映画の音楽はほとんど担当しています。ご家族の話では、十年前に転倒して大腿骨を骨折、それからは杖を手放せなくなったそうです。さて、ここからが重要でして……よく見てください」

栗川が再生ボタンに触れた。千家の体が一瞬で歩道橋の縁の上に移動していた。

スローで再生しましょう、と栗川がタブレットを操作した。

コマが飛んだように、画面から千家の体が消え、再び映った。コンマ一秒もないが、千家が映っていない瞬間があるのは確かだった。

「カメラ、あるいはレンズが故障したのではないか……それを踏まえて科捜研が調べましたが、バックの風景が映っていること、他の人たちが何らかの形で動いていることから、故障ではないとわかりました。録画が瞬間的に停止したわけでもありませんし、画像データが飛んだのでもない。そして、先ほども言いましたが、通行人たちのスマホにこの映像は映っていません。念のため、メーカーに問い合わせたところ、カメラの構造上あり得ないと回答がありました」

栗川が自分のスマホを取り出し、ＹｏｕＴｕｂｅのアプリを開いたが、そこに映っている千家の動きにおかしな点はなかった。

でも、と凪は首を傾げた。

「千家さんは杖がないと歩けないんですよね？　手を使わずに歩道橋の縁に上がっているように見えますが、八十歳の高齢者にそんなことができるとは思えません。補助があっても難しいのでは？」

千家さんは要介護１だそうです、と栗川が自分の膝に触れた。

「国体クラスの体操選手だって、こんな真似はできませんよ。平均台に飛び乗るのとは訳が違います。歩道橋の高さは五メートルですよ？　落ちたらほぼ百パーセント死にます」

どうなってるんだと眉を顰めた誠に、続きがあります、と栗川が動画を早送りにした。

「二十人が歩道橋の縁に立ち、全員が飛び降りますが、最後の五人の顔をよく見てください。女性が拒んでいるのがわかりますか？　明らかに足を踏ん張っています。諸戸真子《もろとまこ》さん、スクリプターを担当していた方だそうです」

記録係ですね、と誠がうなずいた。

「確かに、抵抗しているようです。しかし、両隣の人と手を繋いでいますからね……引きずり落とされたってことですか？」

最初は私もそう思いました、と栗川が顎の下を掻いた。

「ですが……スローにしましょう。両隣の人が強く諸戸さんの腕を引っ張っていますが、手を振り払っているのがわかります。ところが、その二人より先に彼女の方が落ちている……私には背後から押されたように見えます。どうですか？」

十秒ほど巻き戻した栗川が画面を指で拡大した。諸戸が足を踏ん張り、左右の男の手を振り払った。

だが、後ろから突き飛ばされるように、歩道橋から落ちていった。その時、両隣の男は歩道橋の縁に立っていた。

「……諸戸さんの口が動いています。叫んでいるのでは？」

タブレットを指さした凪に、気づかなかったな、と栗川が諸戸の顔を限界まで拡大した。スーパースローになった画面の中で、諸戸が叫び声を上げていた。

「何を言ってるのか……持ち帰って、読唇術の専門家に確認させます。里中さん、よく気づきましたね」

突き落とされたように見えます、と誠が言った。

「しかし、背後には誰もいません……そう見えるだけで、実際には諸戸さんが両隣の男性の腕を引っ張ったのでは？　反動というか、足を滑らせたために諸戸さんが先に落ちた……不自然ではないと思いますが」

これだけならね、と栗川がため息をついた。

「地下鉄の飛び込み自殺ですが、そっちにも妙なものが映ってましてね……そして、変な声も聞こえるんですよ」

見せてください、と誠がタブレットに目をやった。その頬が青白くなっていたが、自分も同じだと凪にはわかっていた。

2

桜田門の警視庁本庁舎のエントランスに蔵元は入った。数歩先を歩いていた如月が振り返った。

警視庁科学捜査研究所の職員、鳥居から電話があったのは三十分ほど前だ。別の担当者から、ほぼ同時に蔵元にも連絡が入っていた。

「地下鉄での集団飛び込み事件の防犯カメラ映像を至急確認していただきたいんです」

用件は同じだった。切迫した声に、蔵元は喪服のまま如月とタクシーに乗った。

受付で名前を言うと、待っていた鳥居が入館パスを渡し、エレベーターホールに向かった。科捜研は警視庁本庁舎八階にある。

「なぜ、わたしたちを呼んだんですか？」

上がり始めたエレベーターの中で、如月が囁いた。お二人は、試写会の生き残りです、と鳥居が口を開いた。

「連絡先は東活宣伝部の横川さんから伺いました。突然で申し訳ありません」

八階の科捜研に入った鳥居が椅子を指さし、座ってくださいと言った。一般の会社で使う事務用の椅子だ。

デスクに向かった鳥居がパソコンを起動し、マウスをクリックした。映りの悪い映像が画面に浮かんだが、東銀座駅のホームを撮影した防犯カメラ映像だった。

「まもなく、電車が到着します。ドアの前を空けて――」

アナウンスが流れ、三十秒ほど経つと地下鉄のヘッドライトで画面が僅かに明るくなった。同時に、数人の男女がホームドアを乗り越え、入ってきた地下鉄に飛び込んだ。

ホームの防犯カメラは三台あります、と鳥居がまたマウスをクリックした。

「今のは中央に設置された防犯カメラの映像で、映っていたのは五人です。前後では他の十人が飛び降りていますが、それは見なくて結構です。言うまでもありませんが、電車が入ってきた時、ホーム、そして車両内にも客がいました。彼らも現場をスマホで撮影していますが、以下はその映像です。こちらで編集し、必要な部分には画像処理を施しましたが、かなりグロテスクな映像です。それでも、見ていただく必要があると……」

パソコンの画面が暗くなった。光量不足のためだろう。

防犯カメラはホームの天井に設置されているが、客が持つスマホの方が線路に近い。

ホームドアを乗り越えた者に気づき、慌てて撮影を始めたためか手ブレもあったが、それぞれの表情はわかった。誰の顔も恐怖で歪んでいた。

入ってくる地下鉄。飛び込む者たち。切断された手足がホームに落ち、血が飛び散った。悲鳴のようなブレーキ音、ホームにいた客が一斉に後退する。焦って転倒し、泣きながらその腕を引っ張る者もいた。阿鼻叫喚、と如月が囁いたが、それ以上正視できず、蔵元は目をつぶった。

よろしいですか、と鳥居が口を開いた。

「よく見てください……電車が到着します、とアナウンスが流れます。地下鉄のライトが画面の右端に映るのはその直後です。駅の防犯カメラだとわかりにくいのですが、客が撮影した映像ではぼんやりと光が見えます。防犯カメラに地下鉄の車両が映るのは三十三秒後です」

鳥居が映像を切り替えた。

「この時、最初の一人がホームドアを乗り越え、線路に身を投げます。その後、ホームにいた乗客が駆け寄ったため、カメラに死角ができて映っていない者もいますが、十九人が飛び込み自殺したわけです」

鳥居がマウスに指を当て、三十秒目にカーソルを合わせた。再生ボタンをクリックすると、三秒後、走ってきた地下鉄に男が飛び込んだ。

呻き声を上げた蔵元に、しっかりしなさい、と如月が声を高くした。

運転士が急ブレーキをかけています、と鳥居が言った。

「音が凄いでしょう?　ですが、間に合うはずもありません……蔵元さん、大丈夫ですか?」

作り物は好きですけど、と蔵元は口に手を当てた。

「リアルは苦手なんです。気分が悪くなってきた……こんなものを見せて、どうしろって言うんです？」

待ってください、と鳥居が蔵元の肩を押さえた。

「スロー再生するので、もう一度見てもらえますか？　三十一秒目から三十二秒目までの一秒に、変なものが映っているんです」

「変なもの？」

画面の右奥です、と鳥居が言った。蔵元はおそるおそるパソコンに目をやった。ぼんやりした影が映っていた。

（手？）

一本ではない。十本近い手が、画面の右奥から突き出ていた。

「まさか……手に見えるってだけでしょう？　だって、誰もいませんよ？」

一秒間だけ手が映っている、と如月が首を振った。

「細くて白い腕よ……女性だと思う。待って、右手の肘から先で、十本以上ある。何か摑もうとしているように見えるけど……」

どう思いますかと尋ねた鳥居に、何とも言えません、と蔵元は手のひらで顔を拭った。

「カメラに何かが映り込んだだけじゃないですか？　手に見えますけど、ホームで立っている人と比べると大き過ぎます。本物の手なら、人間の顔より大きく映るはずがありません」

では音を聞いてください、と鳥居が言った。

「音？」

「急ブレーキの音です。ボリュームを大きくすればわかるかと……」

鳥居がボリュームを最大に設定し、動画を再生した。ホームにいた乗客のざわめきを、急ブレーキ音が覆い尽くす。

何なんだ、と蔵元はつぶやいた。異質な音が混じっていた。

声がするでしょう、と鳥居が低い声で言った。急ブレーキ音に被って、あの女だ、という声がはっきり聞こえた。

「あの女……誰のことです？　お二人に来ていただいたのは、それを伺いたかったからで、先ほど映っていたのは、女性の腕に見えます。お二人も私と同じでしょう？」

何とも言えません、と蔵元は答えたが、声に聞き覚えがある、と如月が言った。

「あれが誰の腕かはわからないけど、声は……何人かの声が重なっていた。たぶん、三人か四人。一人は脚本家の白石一聖《しらいしいっせい》」

鳥居が見つめている。どうしてわかるんですか、と蔵元は尋ねた。

「ぼくも数人の男が叫んでいるような気がしましたけど、白石さんだとは断言できません。メディアに出るような人じゃないし、ぼくは話したことがないんで……」

四年前、白石さんは喉頭ガンで声帯除去手術をした、と如月が喉に手を当てた。

「でも、リハビリで食道発声ができるようになった。ただ、喉から出す声とはどうしても違ってくる。去年と一昨年、インタビューしたからわかる。特徴のある声だから、一度聞いたら忘れない」

白石さんも地下鉄に飛び込んで死んでます、と鳥居が額の汗を拭った。そんなはずないでしょう、と蔵元は首を振った。

「電車の急ブレーキ音より大声を出したことになりますよ？　防犯カメラのマイクの性能なんて、たかが知れてます。ボリュームが大きい音しか拾えません。誰の声だとしても、録音できるわけがないんです」

何もかもがおかしい、と如月がつぶやいた。奇妙なことが起きているのは確かです、と鳥居が言った。

「詳しく映像を解析します。今日は確認だけですが、またご足労願うことになるかもしれません。その時はよろしくお願いします」

鳥居に見送られる形でエレベーターに乗り、一階へ降りた。大丈夫なの、と如月が蔵元の顔を覗き込んだ。

「顔が真っ青よ。飯田橋のマンションに戻るんでしょ？」

そうです、と蔵元はうなずいた。何も考えられない。桜田門駅はすぐそこ、と如月が指さした。

「わたしはタクシーで社に戻る。少し落ち着いたら電話して。情報を交換すれば、わかることがあるかもしれない」

如月が手を上げると、空車のタクシーが近づいてきた。

了解ですとだけ答えて、蔵元は地下に続く階段を下りた。足に力が入らなくなっていた。

3

錯覚でしょう、と森田は東活本社会議室のテーブルにあったコーヒーのペットボトルに手を伸ばした。

東洋新聞の矢部さんもそうおっしゃってました、と警視庁の栗川がスーツの内ポケットから取り出した扇子で顔を扇《あお》いだ。年寄りめいた所作が妙に似合う、と森田は胸の内でつぶやいた。

海潮社の里中さんも同じです、と栗川が口を開いた。

「一時間ほど前、お二人に会って確認しました。しかし、どう見ても諸戸さんは突き飛ばされていますし、今見ていただいた地下鉄の防犯カメラ画像に、十本近い手が映っていたでしょう？　錯覚とは思えません」

森田は手元のタブレットに視線を落とした。日比谷線、東銀座駅の防犯カメラ映像だ。画面の端に何本もの白い腕のようなものが映っていた。

「映り込んだ何かを人間の腕だと思い込んでいるのでは？　私は映画会社の社員ですから、こういう動画は何百回と見ています。東銀座駅のホームには、宣伝用のポスターが何十枚も貼られてますよね？　壁にはめ込まれたビジョンでは、ファッション雑誌のコマーシャル映像を流していたはずです。それが反射したとか……」

ホラー映画では意図的に幽霊の写真を差し込むことがあると聞いてます、と栗川が言った。

「話題作りのためなんでしょう。宣伝効果があるのは、素人の私でもわかりますよ。しかし、これは駅の防犯カメラですからね。東京メトロに『妖奇』を宣伝する気はありません。どう見ても、これは人間の手ですよ。おかしいと思いませんか？　歩道橋で警察の防犯カメラに映っていた千家さんも――」

どうしろって言うんです、と森田はため息をついた。

「心霊動画だと言わせたいんですか？　そんなものはないと私は思ってますし、仮にそうだとしても、この手が彼らを地下鉄の線路に突き落としたと？　そんな馬鹿な話を信じるのは、暇を持て余した連中だけです」

説明ができますか、と栗川が尋ねた。

「歩道橋の映像、地下鉄の映像、そして、急ブレーキ音に被る〝あの女だ〟という声……あなたも聞いたでしょう？」

栗川さんはおいくつですか、と森田は頭を掻いた。

「私は今年で五十五歳になります。私の世代だと、有名な怪談がありましてね。あるバンドの熱烈なファンがコンサート会場に行く途中、車にはねられて死んだんです。その後、バンドがコンサートのライブレコードをリリースした。すると、アンコールの場面で、〝わたしにも聞かせて〟と女の呻き声が入っていた……」

〝わたしも行きたかった〟じゃなかったですか、と栗川が苦笑した。

「聞いたことがあります。アイドル歌手でも、似たような話がありましたね。若い頃、レコードを聴きましたよ。妙な声がしたのを覚えています」

バラエティ番組で何度も検証されていますが、と森田は言った。

「どちらもダビングのミスで、カットするはずだった音源がそのまま残ってしまった、不注意だった、とレコード会社のディレクターが証言していました。昔は珍しくなかったんです。映画でも同じ現象が起きることがあります」

聞きましょう、と栗川が足を組んだ。アメリカの話です、と森田は口を開いた。

「『スリーメン&ベビー』というコメディ映画がありましてね。一九八七年公開だったかな？この映画の中に、シーンと関係ない少年が映っていたんです。しかも、その少年の位置は窓の外で、普通に考えると、そこに立つことはできません。少年の顔はぴくりとも動かず、まるで死人のようだった……映画が公開されると、あの少年は幽霊じゃないか、と客からの問い合わせが何万とあったそうです」

「それで？」

「種明かしは簡単で、パネルに貼られていた少年のポスターだったんです。小道具係が置き忘れ、気づかないままカメラマンが撮影し、フィルムチェックで指摘する者もいなかった……要するにうっかりミスです。映画業界では、そんな話が山のようにあります」

「なるほど」

「防犯カメラに妙な物が映っていても、不思議だとは思いません。角度によっては、カメラのレンズが映らないはずの物を映し出すこともあります。女性の腕に見えるのはその通りですが、私に言わせれば勘違い、錯覚の類ですね。声もそうです。急ブレーキの音と悲鳴が混ざって〝あの女だ〟と聞こえているだけですよ。もういいでしょう?」

お忙しいのはわかってます、と栗川が腕時計に目をやった。

「どこのテレビ局も『妖奇』の話題で持ち切りですし、ネットも大騒ぎです。東活のチケット予約サーバーがダウンした、と聞きました。少し前、東活がホームページで公表した白波瀬監督の不審死に続き、スタッフ、キャストが大勢亡くなっていますから、話題にもなるでしょう。上映中止の噂も聞きましたが……」

それはありません、と森田は強く首を振った。

「さっきまで、この会議室で重役連中と話し合っていましたが、全国の映画館と交渉して、公開を週明け月曜に前倒しすることになりました。ご存じかどうか、映画は週末公開が常識なんですが、早く観たいというお客様の声が殺到してますし――」

ビジネスチャンスは見逃せませんよね、と栗川が皮肉たっぷりの笑みを浮かべた。

「警視庁としても、呪いや祟りでスタッフ、キャスト、白波瀬監督含め四十六人が死んだなんて、認めるわけにはいきません。もちろん、何があったのかは調べますよ。白波瀬さん一人なら事故で処理できますが、四十六人ともなると……」

調べたところで、と森田は眉間に皺を寄せた。

「解明できるんですか？　集団パニックもしくは集団催眠、と精神科医がワイドショーでコメントしていましたが、私もそう思いますね。『妖奇』には人間の感情に訴える力があるんですよ。白波瀬監督の作品ですからね……『暗い日曜日』って曲を知ってますか？　戦前、ハンガリーでレコードになっていますが、この曲を聴いた者が次々に自殺したんです」

それは知っています、と栗川がうなずいた。映画『ローズマリーの赤ちゃん』は、と森田は話を続けた。

「悪魔崇拝、サタニズムを描いたホラー映画の古典的名作です。撮影中、プロデューサーが原因不明の病で倒れ、音楽担当者は事故死、その二カ月後、一緒にいた脚本家も謎の死を遂げました」

監督のロマン・ポランスキーの自宅がカルト教団に襲われ、妻のシャロン・テート、その他三人が殺されたのは、と栗川が指を三本立てた。

「カルト殺人の例として、警察学校で教えることがあるほど有名な事件です。シャロンは映画のローズマリーと同じく、妊娠八カ月でした。四谷怪談の芝居や映画を作る際、お岩の祟りを恐れて関係者は必ずお祓いをするそうですね。これでも映画好きなので、それぐらいの蘊蓄《うんちく》はありますよ」

映画や音楽にはそれだけの影響力があるんです、と森田は言った。

「知り合いのラジオマンから聞いた話ですが、民放ラジオ局には深夜帯に怪談番組をオンエアしない内規があるそうです。声だけのメディアで、ほとんどのリスナーは一人でラジオを聴いてますから、怖さが倍増します。過去に自殺者が出たこともあって、それからは放送禁止にしたと……本当かどうかは知りませんがね」

「わかります」

いくつか例を挙げましたが、と森田は深く息を吐いた。

「結局のところ、すべて都市伝説ですし、もっと言えば作り話ですよ。映画、音楽、小説、絵画、何であれアートに心を揺さぶられる者はいるでしょう。しかし、自殺者が続出したり、関係者が次々に不審な死に方をするのは偶然ですし、こじつけと言った方がいいかもしれません」

「そういう考え方もあります」

「シャロン・テートの死は映画公開の一年後でした。その間、悪魔は何をしてたんですか？『妖奇』にしたって同じです。刑事さん、これ以上調べても、何も出ませんよ。それとも、疑う根拠があるんですか？」

何も、と外国人のように栗川が両手を挙げた。

「単なる刑事の勘です。何か臭うっていうあれですよ……四十六人が亡くなられていますが、他にもいますね？」

「他にも？」

監督の奥様の圭子さん、女優の春口燿子さん、と栗川が指を二本立てた。

「奥様の方はまだ調べ始めたばかりで、何とも言えませんが、春口さんは『妖奇』で主演を務めていましたね？　三月三十日の朝、自宅へ迎えに行ったマネージャーが意識不明の彼女を発見し、一一〇番通報しています。病院に緊急搬送されたが、同日午前十時、死亡が確認された……死因は睡眠薬の過剰摂取、警察は事故と判断しましたが、ネットでは自殺説、殺人説も出回っています。ひと月ほど前ですから、私もよく覚えています」

我々もショックでしたと言った森田に、三十年近くこの仕事をしています、と栗川がうなずいた。

「睡眠薬による死は自殺か事故か、判断が難しいんです。春口さんのケースでは、遺書がなかったために事故となりましたが、自殺だった可能性もないとは言えません」

あの時は警察から事情を聞かれました、と森田は言った。

「しかし、プロデューサーといっても、春口さんと二人だけで話したこともないので、彼女のプライベートは知りません。撮影が終わったらサヨウナラ、それがこの業界の決まりです。『妖奇』のクランクアップは一月二十日で、その後一、二度宣伝の打ち合わせで会ったと思いますが、警察に話すようなことは特にないんです」

これは私の個人的な意見ですが、と栗川が声を低くした。

「春口さんの死も、先日の四十六人の死に関係していると思っています。白波瀬監督の奥さんもそうです。証拠はありません。単なる刑事の勘ですが、ただの直感じゃありません。絶対だと断言してもいいぐらいです」

何を言ってるんです、と森田は栗川を見つめた。

「春口さんが亡くなったのは睡眠薬の過剰摂取のためで、あれは事故ですよ。仮に自殺だとしても、それは彼女自身の意志で、誰かが強制したわけじゃありません。春口さんの死が他の四十六人の死に関係がある？　警察はもっとまともな捜査をすると思っていましたが、私の勘違いですか？」

栗川が顔に怯えの色を浮かべた。

「『妖奇』の関係者の多くが不審な死を遂げています。常識ではあり得ない死に方です。そして、妙な何かが映り込んだ映像が残されている……どうかしていると思うかもしれませんが、彼ら、彼女らの死に何かの意図を感じるんです。『妖奇』のために四十六人が死んだ、言い換えれば映画が彼らを殺した……あなたもそう思っているのでは？」

馬鹿馬鹿しい、と腰を浮かせた森田を、もう少しだけ、と栗川が手で制した。

「先ほど、科捜研から新しい映像が届きまして……エル・ラタ店内の防犯カメラ映像です」

エル・ラタは『妖奇』の主演俳優、宇田川翔理とスタッフが自分の喉をナイフで刺し、死んだ店だ。

栗川に促され、森田はタブレットの動画を再生した。ビールのジョッキをウエイターが運んでいた。

「そこで停めてください……ウエイターの斜め右後ろに、白いワンピースを着た女性が立っているのがわかりますか？」

ええ、と森田はうなずいた。宇田川さんは自分のスマホで乾杯の様子を撮影していました、と栗川が言った。

「ところが、彼のスマホにこの女性は映っていないんです。角度が違うからだとおっしゃるかもしれませんが、防犯カメラと方向は同じでして……科捜研によると、防犯カメラに映っていたものは何であれ宇田川さんのスマホにも映っていたはずなんです。不思議な話だと思いませんか？」

位置が違うからでは、と森田はテーブルのペットボトルを指さした。

「スマホはこれぐらいの高さだと思いますが、防犯カメラは壁の上部に設置されていたんじゃないですか？　撮影できる範囲が変わるのは、当たり前でしょう」

この女性ですが、と栗川がタブレットを指差した。

「髪が長く、顔が隠れているので、表情はわかりません。ですが、シルエットは春口さんによく似ています」

「店の客ですよ」

「これでもそう思いますか？」

栗川が再生ボタンに触れると、ウエイターがカメラの前を通り過ぎた。その瞬間、背後にいた女性が消えた。

店の客です、と森田は繰り返した。口の中に粘っこい何かが溜まっていた。

「ウエイターの移動と同じタイミングで椅子に座ったんでしょう。タイミングによっては、消えたように見えます」

この女性の画像だけを切り抜いて、と栗川が自分のタブレットのカバーを閉じた。

「私の部下が事務所のマネージャーに確認を取ったところ、春口さんだと思うと証言したそうです」

「他人の空似では？　春口さんと身長や体型が似ている女性はいますよ。この女性の映像はピントが合ってませんし、誰であれ、春口さんだと断定はできないでしょう」

妙なことが多すぎます、と栗川が立ち上がった。

「上に報告しましたが、余計なことはするなと言われただけです……森田さん、私は一連の事件の調査を命じられ、多くの方に話を伺いました。それを踏まえての警告ですが、『妖奇』の公開を中止した方がいいのでは？　あなたの権限で無理なら、フィルムを処分すべきです。それがプロデューサーの責任でしょう」

何を言ってるんですか、と森田は苦笑を浮かべた。

「最後の巨匠、白波瀬仁の遺作ですよ？　フィルムを処分しろ？　そんな権利は誰にもありません。この映画には十五億の製作費がかかっています。スタッフ、キャスト、大勢が心血を注いで作ったんです。血の滲むような努力を無にしろと？」

血が滲む程度ならともかく、と栗川が森田の肩に手を置いた。

「血が流れ、溢れ出たら、誰にも責任は取れません……何が起きるのかは私にもわかりませんが、最悪の事態になるでしょう」

「警察の捜査に協力するつもりでしたが、神懸かりの刑事さんには付き合いきれません。これ以上は時間の無駄です。お帰りください」

そうしましょう、と栗川がタブレットをカバンに押し込んだ。

「最後にひとつだけ……『妖奇』に係わっていた主なキャスト、スタッフが異様な形で亡くなりましたが、プロデューサーのあなたは生きています。パンフレットには森田恒雄の名前が大きく載っていました。『妖奇』が彼らを殺したとすれば、あなたが真っ先に死んでいてもおかしくありません。プロデューサーとはそういう立場でしょう？」

「何を言ってるんです？」

生きていると言いましたが、と栗川が早口になった。

「生かされている、と言った方が正しいかもしれません。では、なぜ生かされているのか？

果たすべき責任があるからだと思いますが……」

歪んだ声で言った栗川に、東洋新聞の矢部さんはどうなんです、と森田はテーブルを叩いた。

「海潮社の里中さん、他にも試写室に足を運び、『妖奇』を観て帰られた方がいます。彼ら、彼女らも生かされている？　何のためです？」

〝アートムービー〟の如月編集長、映画評論家の蔵元さん、と栗川が指を折った。

「あえて言いますが、生き残ったのはあなたたち五人だけなんです。私なら、他の四人と連絡を取りますね。あなたが知らない何かを、知っているかもしれません……では、これで失礼します。また連絡を――」

不意に言葉を切った栗川が会議室を出て行った。森田は額の汗を拭った。

バルの映像を何度も思い出した。映っているのは春口燿子だ、と森田もわかっていた。白いワンピースに見覚えがあった。

(幽霊?)

そんなはずがない、と森田は強く首を振った。

春口の死が事故だったのか、自殺だったのか、真相を知る者はいない。ただ、眠れないとマネージャーに訴えている姿は森田も見ていた。悩んでいたのは確かだ。

なぜ悩んでいたのか、それはわからない。仕事面は順調で、『妖奇』以外にも年内に主演映画の公開が二本決まっていたし、テレビドラマやコマーシャルなどのオファーは引きも切らないと聞いていた。

多忙になれば、誰でもストレスが溜まるが、春口は二十九歳とまだ若い。それぐらいで潰れるタイプには見えなかった。

プライベートでも問題はなかったはずだ。二十歳の時、春口は朝の連続テレビドラマの準主役に抜擢され、女優としてのスタートを切っている。清純派のイメージ通り、スキャンダルの噂はなかった。

4

ただ、二十九歳は微妙な年齢で、演じる役の幅を広げなければならない。『妖奇』で初めて人妻を演じたのはそのためだった。事務所ではなく本人の意向による、というインタビュー記事を読んだ記憶があった。

『妖奇』の現場でも、スタッフ、キャスト、誰からも評判が良かった。トラブルの火種はなかったはずだ。

仕事、恋愛、人間関係、どれも違うだろう。では、何が原因だったのか。

わかるはずがない、と森田は肩をすくめた。五十五歳の森田と二十九歳の春口は何もかもが違い過ぎた。

親しくしていたわけでもない。胸の奥に何を抱えているか、想像もできなかった。

白波瀬と妻の圭子、春口燿子、試写会に来ていた四十四人、映写技師、すべての死が繋がっている、と栗川はほのめかしていた。

だが、白波瀬は事故死、圭子は病死だ。春口の死は事故死として処理されているし、自殺だとしても、他の死と関係はない。

映画が彼らを殺した、と栗川は話していた。本気でそう考えていたのだろう。顔は青ざめ、声もかすれ気味だった。

馬鹿馬鹿しい、と森田はつぶやいた。映画は映画だ。人を殺せるはずもない。

彼らの死と『妖奇』は無関係だ。それでも、と森田はスマホで番号をタップした。

春口が何に悩み、なぜ死んだのか、プロデューサーとして調べておくべきだろう。内面を知っている人物に心当たりがあった。

「はい、キネマクラッシュ編集部です」

電話に出た男に、里中さんはいらっしゃいますか、と森田は尋ねた。

「東活でプロデューサーを務めている森田です。ちょっと確認したいことがありまして……」

お待ちくださいという声に続き、保留音が流れ出した時、会議室のドアが開き、横川が入ってきた。

「森田さん、植木常務が呼んでいます。『妖奇』のフィルムですが――」

ちょっと待ってくれ、と森田は片手を上げた。里中です、と細い声が耳に響いた。

お世話になっております、と森田は小さく頭を下げた。

「ちょっと伺いたいことがあって――」

わたしもです、と里中が言った。

「今日、警視庁の栗川刑事と話しました。わたしと東洋新聞社の矢部さんは警視庁の防犯カメラにしか映っていない映像を、栗川刑事のタブレットで見ました」

「私も見ています。ついさっきまで、栗川さんが東活に来ていて――」

自主規制かと思いましたが、と里中の低い声がした。

「ニュースでは流れていません。ＹｏｕＴｕｂｅにもアップされていないとわかって、何かおかしい、と矢部さんと話しました。あれは――」

待ってください、と森田はスマホを持ち替えた。

「『妖奇』がクランクインした直後、あなたは春口さんに取材をしましたね？　その前にも別件でインタビューをしていたのを覚えています。海潮社の里中さんとは友人としての付き合いだった、と春口さんのマネージャーが話していたのを思い出して、あなたなら詳しい事情を知っているだろうと――」

春口さんとは親しくしていました、と里中が言った。

「プライベートで食事をしたり、二人で映画を観に行ったこともあります。彼女は人見知りな性格でしたが、わたしには心を開いてくれていたと思っています。女優さんですから、何もかもというわけではありませんが――」

話を聞かせてください、と森田は座り直した。常務が待ってますと横川が声をかけたが、無視してスマホを強く耳に押し当てた。

Film4
黒衣の女

1

編集部フロアを飛び出し、凪は非常階段を降りた。踊り場で握っていたスマホをタップすると、ワンコールで誠が出た。

東活の森田プロデューサーから電話があった、と凪はスマホに唇を寄せた。

「白波瀬監督の死に不審な点があるって栗川刑事が話してたでしょ？　死体を発見したのは森田さんで、監督は自宅地下の編集室で倒れていたそうよ。顔が真っ黒に焦げていて、苦悶《くもん》の表情を浮かべてたって――」

ぼくも社会部の同期に聞いてみた、と誠が言った。

「やっぱり気になってね……亡くなったのは試写会前日の夜中だったそうだ。いや、当日かな？　夜中の三時頃、編集が終わったと監督から森田さんに電話があって、その一時間後に死体を見つけ、一一九番通報したそうだ。編集で切ったフィルムに煙草の火が燃え移り、その炎が監督の顔を焼いたと警察は――」

「でも……」

「死因は呼吸不全による窒息死だった。白波瀬さんは八十二歳、八年前には脳梗塞で倒れたこともある。何日も徹夜で取り組んでいた編集作業が終わり、気を失ったとしてもおかしくない。

不運だったのは、燃えていたフィルムに顔から突っ込む形になったことで、気道火傷を負って呼吸困難に陥り、窒息死した……ただ、検視の結果、顔や首、手に無数の切り傷が見つかったそうだ」

「切り傷？」

指や手のひらならわかる、と誠が言った。

「編集作業の際、昔は鋏やカッターを使っていた。白波瀬監督の年齢を考えると、そういうやり方をしていてもおかしくない。こだわりの人だからね……だけど、顔や首に傷がつくのは変だろう。警察は森田さんに事情を聞いたが、見当もつかないと答えたそうだ」

聞いて、と凪はスマホを持ち替えた。

「監督を含めると、四十六人が不審死した。でも、死んだ人は他にもいるって、森田さんが話してたの」

「他にも？」

監督の奥さんと『妖奇』に主演していた女優の春口燿子さん、と凪は言った。

「奥さんの圭子さんはクランクイン直後に心筋梗塞、春口さんは三月末に睡眠薬の過剰摂取で、それぞれ亡くなっている。圭子さんは病死、春口さんは事故死として処理された」

「それは知ってる」

「栗川刑事は二人の死を『妖奇』試写会に来て死んだ四十四人、そして白波瀬監督と映写技師の死に関係があると考えているみたい。防犯カメラの映像をわたしたちに見せたでしょ？　確かに、変なものが映っていた。あれが関係してるんじゃないかって――」

落ち着けよ、と誠が苦笑混じりに言った。

「幽霊が四十六人を殺したってことか？　君はともかく、刑事がそんなことを言い出したら問題になるぞ」

栗川刑事は本気でそう考えてる、と凪は小さく息を吐いた。

「森田さんが話してたけど、『妖奇』の公開を中止した方がいいと忠告された、それがプロデューサーの責任だと……」

「映画の公開こそ、プロデューサーの責任じゃないのか？」

森田さんに春口さんのことを聞かれた、と凪は小声で言った。

「取材を通じて知り合い、ＬＩＮＥを交換したのは誠にも話したよね？　プライベートで何度か会って、二人で食事したり、そんなこともあった。彼女は内向的な性格で、友達が少なかった。オフの日は家でぼんやり過ごすのが好きだって話してたけど――」

「君もそうだろ？　似た者同士が仲良くなったんだ」

親しくしていたつもり、と凪は壁に背中をつけた。

「『妖奇』がクランクインした一週間後、彼女にインタビューした。すごく緊張していた」

「当然だろう。最後の巨匠、白波瀬仁の映画なんだ。スタッフ、キャストのほとんどが常連で、身内意識も強い。歓迎ムード一色ってわけじゃなかったと思うよ。古い体質の業界だから、新参者には冷たいさ。それに、春口さんは清純派女優だ。それはお嬢さん女優ってことでもある」

そうね、と凪はうなずいた。春口への一般的なイメージは清楚な女優で、本人としてはそこがもどかしかっただろう。

「殻を破るために『妖奇』出演を決めた。それは君のインタビューで読んだよ。人妻役は初めてだし、緊張しない方がおかしい」

でも前向きだった、と凪は言った。

「インタビューの記事を読み返したけど、この一、二年、女優を続けていいのか迷いがあった、与えられた役をただこなしているだけの気がしていた、でも、本気で向き合える仕事だとわかった、これからは自分を変えていきたいって話してた。クランクアップしたのは今年の一月末で、その後、わたしから連絡を入れて二人で会った。すごく表情が暗かったのを覚えてる」

「疲れていたんだろう」

違う、と凪は首を振った。

「わたしと彼女は……どちらもガールズトークができるタイプじゃない。会っても話に花が咲くとか、そんな感じじゃなかったの。だけど、ぽつりぽつり話すだけで心が通じ合う、そういう関係だった。でも、あの時は違った。彼女の周りに壁があって、乗り越えるなんてできなかった」

「何かあったのか？」

「わからない。ただ、悩んでいたのは確かよ。ため息ばかりついて、大袈裟に聞こえるかもしれないけど、何もかもに絶望していたように見えた」

『妖奇』の現場で嫌なことがあったんじゃないか、と誠が言った。

「古い映画人は陰湿な苛《いじ》めをする。挨拶がない、と床山さんが役者の鬘《かつら》をわざとずらしたり、照明を当てないとか、そんな話は山のようにある。白波瀬組のスタッフは京都の撮影所出身が多い。あの女優、気に入らないな……そんなことがあっても不思議じゃない」

他の映画誌の編集者に聞いたけど、と凪は空いていた右手でこめかみを押さえた。

「春口さんは現場で評判が良かったそうよ。誰からも可愛がられていた、と森田さんも言ってた。それに、彼女は主演女優よ？　スタッフが嫌がらせするなんてあり得ない」

「じゃあ、彼女は何に悩んでいたんだ？　森田さんはそれを君に聞くために連絡してきたんじゃないのか？」

「それもあるけど……栗川刑事はこう言ってたそうよ。試写室には席が五十あり、四十九人が来ていた。そのうち四十四人が不審死を遂げ、映写技師は首を吊って死んだ。でも、わたしとあなた、そして如月編集長、蔵元さんと森田さんは生きている。何かの責任を果たすために生かされていいるんじゃないか、その何かを突き止めるため、お互いに連絡を取った方がいい……

今頃、森田さんは如月さんと蔵元さんに電話しているはず」

待ってくれ、と慌てたように誠が言った。

「如月さんと蔵元さん、二人とも面識はあるけど、親しいわけじゃない。だいたい、ぼくたちに何の責任があるっていうんだ?」

白波瀬圭子、春口燿子、と凪は指を折った。

「そして監督と映写技師と試写室の四十四人、すべての死を調べるべきだと思う。それぞれの死には関係があるはず。それが何かわからないと……」

「どうなるっていうんだ?」

わたしたちも死ぬ、と凪は囁いた。目の前を黒い影が通り過ぎていった。

夕方六時から東活本社で『妖奇』の記者会見があるそうだ、と誠がため息をついた。

「監督の死が公表されただろ? 試写会に来ていた四十四人と映写技師の死は映画の呪いだ、とネットで騒ぎになってる。東活としても公式見解を出さなきゃならないから、記者会見を開かざるを得ない。十分ほど前に、メールでプレスリリースが届いた。今、五時か……別件があるんで、少し遅れるけど、そこで話そう。いいね?」

わかった、と凪は通話を切った。背中を冷たい汗が伝っていた。

2

東活本社の大会議室に、マスコミの記者が集まっていた。如月は後方の席に腰を落ち着け、広報部員による説明に耳を傾けていた。

空咳をした東活製作担当常務取締役の植木がマイクに顔を寄せた。ストロボの点滅が激しくなった。

「不幸な事故が続きましたが、最後の巨匠、白波瀬監督の遺志を継ぎ、『妖奇』の公開を正式に決定致しました。辛く、苦しい決断ではありましたが、本作を亡くなられた白波瀬監督、スタッフ、キャストに捧《ささ》げたいと考えております。本作にかかわったすべての方々がそれを望んでいると確信します」

深く頭を下げた植木が席を立った。以上で記者会見を終わります、と大会議室の奥に立っていた森田がマイクを握った。

「お配りした資料にありますように、四日後、週明け二十六日月曜日から全国の映画館で『妖奇』を封切ります。異例ではありますが――」

そうでしょうとも、と皮肉な笑みを浮かべ、如月は大会議室を出た。東活らしい、とつぶやきが漏れた。

義理欠く恥かく人情欠く、三角マークが東活のトレードマークだ。意図的にスキャンダラスな話題を提供し、マスコミや世間の注目を集め、それを追い風に映画を公開する伝統がある。映画会社は興行会社だ。どんなにつまらない映画でも、当たれば官軍、外せば賊軍で、大ヒットのためなら、悪魔に魂を売りかねない。

喫煙ブースのドアを押し開けた如月に、これはこれは、とくわえ煙草の植木が手を振った。

「久しぶりだねえ、如月編集長。読んでるよ、そっちの雑誌。いいねえ、〝アートムービー〟。大本営発表の雑誌ばっかりじゃ、こっちも面白くない。辛辣な記事の方が読みごたえがある」

十年前、映画製作本部長を務めていた植木の辣腕ぶりはよく知られていた。企画力、行動力はもちろん、交渉力にも定評があった。

宣伝にも熱心で、テレビ局のプロデューサー、新聞記者、映画雑誌の編集者と食事会を開き、今後の展望に熱弁を振るった。その頃、如月は副編集長だったが、熱量の高さに圧倒されたのを覚えている。

四年前、植木が常務に昇進すると会う機会は減ったが、目配りは昔と変わらないようだ。ご無沙汰していますと頭を下げ、煙草を取り出すと、植木がジッポーライターで火をつけた。

「いろいろ大変だよ。白波瀬さんが亡くなるとはねえ……それに加えて、例の集団自殺だ。参ったよ」

言葉とは裏腹に、笑みが浮かんでいた。話題になれば何でもあり、が植木の信条だ。

「前売りチケットが飛ぶように売れていると聞きました。サーバーがダウンして、東活の公式ホームページも停まってましたね」

　ここだけの話、こっちで仕掛けた、と植木が片目をつぶった。

「盛り上げるためだよ。すぐネットニュースになっただろ？　客ってのはさ、騒ぎが起きてると聞けば、そこへ飛び込んでくるもんだ。森田に聞いたけど、そっちも試写会に来てたらしいな。何であんなことになったんだ？」

　自分をこっち、と呼び、誰に対してもそっちと呼ぶのは植木の癖だ。

　わかりません、と如月は首を振った。

「『妖奇』の試写が終わる二十分ほど前に、小岩井さんが亡くなったと会社から連絡があったので、試写室を出たんです。四十五人が死んだ時、わたしは銀座にいませんでした」

　そっちは白波瀬映画が嫌いだもんな、と植木が言った。

「昔からそうだった。新宿のバーで絞られたこともあったな。あれはいつだった？　八年前か？　こっちが白波瀬さんの企画を検討していると言ったら、もう終わった人でしょうと……『妖奇』はどうだった？　ご意見を伺いたいね」

　最後まで観ていないので、と如月は煙を吐いた。

「保留にしておきます。ただ、全体に凡庸な出来だったと思っています」

　厳しいねえ、と植木が肩をすくめた。

「実はさ、こっちも完成した『妖奇』を観ていない。ラッシュだけだよ。そうじゃなきゃ、ゴーサインは出せない。編集権を盾に、完成まで見せないの一点張りで、取り付く島もなかったな……そっちの立場はわかるけど、死んだ人の悪口を言うのはまずいだろ？　今回はこっちの顔を立てて、うまく書いてくれよ」

「〝アートムービー〟は忖度しません。それが売りの雑誌です」

そこを何とか、と植木が手を合わせた。独特な愛嬌に、如月も苦笑するしかなかった。

小岩井さんと言えばさ、と植木が新しい煙草に火を付けた。

「彼女にも応援を頼んでたんだ。大絶賛のコメントをくれたよ。観ていないのに書けるのが、あの人のすごいところだな。七十前だろ？　亡くなられるとはねえ……」

「わたしも信じられませんでした」

「とにかくさ、全国公開も決まったんだし、弔い合戦だから、大ヒットさせなきゃ罰《ばち》が当たる。頼むから、いい感じの記事にしてくれよ。観なきゃ書けないっていうんなら、プロデューサーの森田に言えばいい。それじゃ、お先に」

吸いかけの煙草を灰皿に押し付け、植木が喫煙ブースを出て行った。すぐ如月は森田に電話を入れたが、留守電に繋がっただけだった。

3

里中さん、という声に、凪は顔を向けた。映画評論家の蔵元が立っていた。

記者会見を終了します、とアナウンスが流れている。東活本社大会議室に、マスコミ各社の記者が残り、いくつかに分かれて囁きを交わしていた。

植木常務は意気軒昂でしたね、と蔵元が言った。

「今日からは戦争です、のひと言には痺《しび》れましたよ。ああいうセンスは抜群ですよね……ちょっといいですか？」

何でしょう、と凪はスマホに目をやった。今、東活本社ビルに着いた、と誠からＬＩＮＥが入っていた。

例の件です、と蔵元が声を低くした。

「里中さんも試写室にいましたよね？　小岩井さんの葬儀でも、あなたに声をかけようと思ったんですが、〝アートムービー〟の如月編集長に捕まって……」

「気づかなくて、失礼しました。如月さんとは、歩道橋から飛び降りた人たちのことを話していたんですか？」

あの時試写室にいた四十四人が亡くなりました、と蔵元が視線を床に落とした。

「映写技師も含めると四十五人です。今日、白波瀬監督の死が公表されましたけど、トータル四十六人が不審死を遂げています。なぜぼくたちが無事でいるのか、如月さんはそれが疑問だったようです」

「わたしも東洋新聞の矢部さんと話しました。集団催眠に似た現象が起きた可能性がある、とワイドショーで精神科医がコメントしてましたけど、見ましたか？」

「ええ」

『妖奇』の試写を観て、誰もが恐怖心を抱いた。お互いの感情が増幅し、一人が死ぬと大勢がそれに続いた……心理的なメカニズムの説明はつくかもしれませんが、わたしと矢部さんがそれに巻き込まれなかった理由がわかりません。何かがおかしい、とわたしたちも考えていました」

不審死と言っていいのかわかりませんが、と蔵元が額に中指を押し当てた。

「クランクイン直後にプロデューサーの白波瀬圭子さん、そして女優の春口燿子さんも亡くなってますよね？　もうひとつ、小岩井さんの死もあります。三人とも監督と関係が深かったという点で共通しています」

「圭子さんは監督の奥様ですよね？　春口さんも『妖奇』で主演を務めてましたから、関係性はわかります。でも、小岩井さんは違うのでは？　字幕翻訳の第一人者ですけど、仕事のメインは洋画です。もちろん、面識はあったと思いますが……」

小岩井さんは、と蔵元が半歩近づいた。

「監督の愛人だったんです。四十年以上前ですから、里中さんが知らないのも無理ありませんが……配給会社で通訳のアルバイトをしていた小岩井さんを口説いたらしいですよ。小岩井さんにとっては初めての男性だったとか……」

「初めての？」

「俳優の高田裕作《たかだゆうさく》さんと小岩井さんが遠縁の親戚で、強引に紹介させたそうです。高田さんは白波瀬映画の常連で、親分子分の関係ですから、何とかしろと言われたら断れませんよ。二十五年前、高田さんが亡くなられているので、それ以上詳しいことはわかりませんが」

「聞いたことがありません。本当ですか？」

十数年、関係は続いていたようです、と蔵元がうなずいた。

「奥さんの圭子さんも二人のことは知っていましたが、諦めていたんじゃないですか？　昭和の映画監督ですからね。当時は珍しくなかったでしょう。愛人関係を解消した頃、小岩井さんはタレント活動を始めていたので、自然と離れた感じだったと聞いています」

「そんなことが……」

「小岩井さんには、複雑な想いがあったかもしれません。独身を通したのは、監督への未練なのか、愛だったのか、そこは何とも言えませんが」

トータルで四十九人です、と蔵元が言った。

「歩道橋や地下鉄で死亡した者のほとんどは白波瀬組のスタッフ、キャストでした。彼ら、彼女らが『妖奇』に恐怖を感じ、怯えたために死を選んだという精神科医の説には説得力があります。『妖奇』に直接関係し、白波瀬監督の影響を強く受けた人たちですから、部外者とは違う感覚があったでしょう」

「はい」

「ですが、メインキャストの宇田川翔理さんのスタイリスト、メイクさんは違います。二人は『妖奇』のスタッフじゃありません。出演していたドラマで宇田川さんを担当していた関係で、誘われて試写会に行っただけだそうです」

歩道橋の縁に立っていた二十人の顔が凪の脳裏を過《よぎ》った。

「わたしは……二十人が飛び降りる瞬間を見ていました。テレビ局のプロデューサー、スポーツ紙の記者がいたのを覚えてます。わたしもそうですけど、パブリシティのために招待されたんでしょう。長尾編集長もその一人です。急病で試写会を欠席したライターがいたので、代わりに行っただけでした。どうして編集長が……」

昔からそうですが、監督は現場に鉄のカーテンを引きます、と蔵元が言った。

「役者の気が散るのが嫌なんでしょう。スチールのカメラマンは入りますが、取材はＮＧです。そういえば、スチールの山岡《やまおか》さんも歩道橋から飛び降りましたね……『妖奇』を観た者が集団催眠状態に陥り、死の影に怯えて自殺したわけじゃない、とぼくは思っています。その理屈だと、長尾編集長が死に、里中さんが生きている理由が説明できません」

「編集長は白波瀬映画の熱心なファンでした。海潮社に入り、〝キネマクラッシュ〟編集部で働くようになったのは監督に心酔していたからで、試写の前にもそんなことを話していました。信者と言っていいぐらい、強い影響を受けていたんです。だから……」

ぼくも信者です、と蔵元が自分を指さした。

「長尾さんと同じか、それ以上かもしれません。ある意味、監督がぼくを映画評論家にしたんです。デビューから中期までのカリスマ性は凄かったですよ……長尾さんが亡くなり、ぼくは生きています。生死を分けたのは何だと思います？」

わかりませんと小さく首を振った凪に、ひとつだけ思い当たることがあるんです、と蔵元が言った。

「試写会当日、ぼくは二日酔いで、映画どころじゃありませんでした。席とトイレの往復だったんです。映画評論家失格と言われても仕方ありませんが、他にもそういう人がいました」

「誰ですか？」

「試写が始まった時、いくつか空席がありました。ひとつは森田さんの席で、最初に顔を出したきり、戻ってこなかったんじゃないかな？　プロデューサーとしてどうなんだって思いましたよ」

試写が始まる直前、森田さんと会いました、と凪は言った。

「挨拶するのは、あの時が初めてでした。長尾編集長と森田さんが話している時、スマホが鳴って、試写室を出て行ったんです」

東洋新聞の矢部さんも遅刻していました、と凪は先を続けた。

「三十分ぐらい経ってから入ってきたのを、うっすら覚えています。小岩井さんの件があって遅れた、と言ってましたけど……」

逆もあります、と蔵元が言った。

「それも小岩井さん絡みですが、〝アートムービー〟の如月編集長です。『妖奇』のクライマックス……謎解きに入ったところで、試写室を出たそうです。小岩井さんが亡くなったと連絡があり、『妖奇』どころじゃないと思ったと話してました。あの人はもともと白波瀬映画が嫌いですし、小岩井さんをリスペクトしてましたからね」

矢部さんは文化部の映画欄担当ですよね、と蔵元が上目遣いになった。

「全国紙の記者が遅刻したり、ラストまで観ずに試写室を出るっていうのは……まあ、そこはいいとして、ぼくと森田プロデューサー、如月編集長と矢部さんは『妖奇』を観ていません。正確に言うと、部分的には観ていたけれど、すべては観ていなかった……そういうことです」

「わかります」

「もし……観てはいけないシーンが『妖奇』にあったら？　そのシーンを観た者は死に、観なかった者は生きている……そう考えれば、説明がつくでしょう？」

蔵元が肩をすくめた。遅れて悪かった、と背後で矢部の声がした。

4

二十三日の金曜日、午前十時。凪は代官山のグラングプロモーションの小会議室に入った。スマホに触れていた三十代後半の男が軽く頭を下げた。庄路《しょうじ》幸雄《ゆきお》、春口燿子の元マネージャーだ。

お忙しいところすみません、と向かいの席に腰を下ろした凪に、驚きましたよ、と庄路が笑いかけた。

「いきなり電話で、会ってお話を伺いたいと映画雑誌の編集者さんに言われるとは、思ってもいませんでした。マネージャーは黒子で、取材されることなんてありませんからね……里中さんの話は、春口から聞いていました。いろいろとお世話になりました」

「いえ」

取材は断っているんです、と庄路が口をすぼめた。

「あの死に方だと、嫌な記事になるのは目に見えてますからね。自殺だった、殺人だ、ネットじゃ今もそんな噂ばかりですよ。春口もあなたを信頼してました。だから会う気になったんです。それで、何を聞きたいんですか？」

警察の発表によると、春口さんの死因は睡眠薬の過剰摂取です、と凪はメモ帳に目をやった。

「服用量を間違えたためで、事件性はない、要するに事故と結論が出ています。ただ、わたしは春口さんが悩みを抱えているのでは、と思っていました。相談を受けたわけではありませんが、二人で会った時、伝わってくるものがあったんです」

「なるほど」

「何を悩んでいたか、庄路さんはご存じですか？」

何とも言えません、と庄路がスマホをテーブルに置いた。

「春口がデビューしたのは二十歳の時ですが、二年ほど前から、今後の方針について話し合っていました。役者には誰でも年齢の壁があります。二十代と三十代は違いますからね。おかげさまで仕事は順調でしたが、先を考えて焦ったり悩んだり、そんなこともあったでしょう。私も十五年この業界にいますから、気持ちはわかりますよ」

「はい」

「頭のいい子でしたから、どこかでイメージを変えたいと思っていたはずです。それは私も同じで、いつまでも恋愛ドラマのヒロインってわけにはいきません。そんな時、『妖奇』の話が来て、子供のいる人妻役をオファーされました。何しろ世界のシラハセですから、受けるべきだと勧めましたし、本人も乗り気でした」

「わたしもそう聞いています」

ぼくが甘かったのかもしれません、と庄路が首筋を掻いた。

「隣の気のいいお姉さん、恋愛に悩む女子大生、看護師やファッション雑誌の編集者、引きこもりのオタク、いろんな役を演じてきましたけど、人妻、しかも子供がいる設定は初めてで、役作りに悩んでいたのはぼくも気づいてました」

「はい」

「テレビドラマだったら、もう少し何とかなったかもしれませんが、白波瀬監督の映画ですから、プレッシャーもあったでしょう」

「わかります」

白波瀬映画の現場はマネージャーを入れません、と庄路が言った。

「リハーサルはともかく、本番では追い出されます。それが白波瀬流と言われたら、どうにもなりませんよ。他の役者の話だと、演技指導は厳しいようです。手取り足取り、呼吸ひとつでもダメ出しがあるとか……昭和ならともかく、今じゃそんな演出家はいません。良くも悪くも、演技プランは役者に丸投げですよ」

「そうなんですね」

「春口もそれに慣れてましたから、戸惑いはあったでしょうね。百回テストをやっても全部NG、そんな日もあったらしいです」

だから白波瀬さんは干されたんですよ、と庄路が皮肉な笑みを浮かべた。

「時代錯誤もいいところですからね……白波瀬映画は順撮りで、台本は当日渡されます。セリフも監督の気分で変わりますから、役者はやりにくいでしょう。慣れたキャストしか使わないのは、それもあったんです」

わたしが驚いたのは、と凪は言った。

「ベッドシーンで……バストトップまで出していたことです。濡れ場があるとは聞いてましたが……」

不意打ちですよ、と庄路が口を尖らせた。

「ベッドシーンについて、事前に説明はありましたが、そこまで露出はしない、という話だったんです。春口本人から聞いて抗議しましたが、流れで撮影した、映画で使うかどうかは後で相談しようと白波瀬監督に言われて……撮影も中盤に入ってましたから、そこで揉めるわけにはいかなかったんです」

「でも……」

「ラッシュを観てから決めればいいとなりましたけど、白波瀬さんは最初から使うつもりだったんでしょう」

「事務所として断れたのでは?」

ストーリー上、その方が自然だと説得されました、と庄路がぼやいた。

「うちの社長と春口と話し合いましたけど、社長は白波瀬映画の直撃世代なんで、監督の仰せの通りにしろと言うだけです。私もイメージチェンジを考えていたので、最終的には了解しました。実際、きれいに撮ってるんですよ」

「幻想的な感じで、美しいシーンでしたね」

「白波瀬さんは昔から女優を脱がせるのが巧くて、単なる清純派から演技派女優になった方もいます。そこは春口も割り切っていたと思いますが……。彼女が悩んでいたのは、白波瀬監督が思い描くヒロイン像がわかりにくかったからじゃないですか？　それは宇田川くんのマネージャーも言ってましたよ。昭和っていうか、戦前の感じがするってね」

「プライベートな面で問題はありませんでしたか？」

ないと思います、と庄路が首を捻った。

「今だから言えますが、二十五歳の時、モデルと二年ほど交際していました。いろいろあって別れたようですが、その辺、私は詮索しない主義で、アイドルグループじゃないんだから、恋愛禁止なんてルールはありませんよ」

「はい」

「他に付き合っていた男性はいません。彼女は色気がないでしょ？　ベッドシーンのある役のオファーを受けたのは、そのためもありました。一皮剝けれぱ、と思ってたんです」

「では、人間関係とかご家族とか、あるいは経済的な悩みがあったとか……」

もともと友達が少ない子なんで、と庄路が言った。

「人間関係のトラブルは考えにくいですね。春口は実家暮らしで、ご両親とも仲が良かった。

お父さんは都銀の部長で、借金なんかありませんよ。去年のコマーシャルは六社、それで金に困っていたらおかしいでしょう。ついでに言っておきますが、違法薬物がどうとか、ネットで面白おかしく書き立てられてましたけど、あんなのは完全なデマですよ」

「睡眠薬は医師に処方されていたんですね？」

一年ほど前から心療内科に通っていました、と庄路がしかめ面になった。

「眠れないと聞いて、私が受診を勧めたんです……あれから毎日、春口のことを考えています。服用量を間違ったのか、それとも自殺だったのか、私にはわかりません。今は安らかに眠ってほしい、それだけです」

庄路がスマホを手にした。凪はメモ帳を閉じ、小会議室を後にした。

5

難しい役だったよね、と新宿の喫茶店で鈴木啓輔《すずきけいすけ》がコーヒーに口をつけた。『妖奇』で宇田川翔理の祖父を演じたベテラン役者だ。

「難しいというと?」

誠はＩＣレコーダーを鈴木に近づけた。

「子持ちの主婦は初めてだったんでしょ? 春口さんは結婚してないし、ましてや子供もいないんだから、キャラクターを摑みにくいよ。若いんだし、当たり前っちゃ当たり前なんだけどさ……それに、白波瀬さんの演出は独特だからね」

監督の著作を何冊か読みました、と誠は言った。

「粘り強さには自信がある、と書いてありましたね。厳しかった、辛かった……他の役者さんも、インタビューでそう答えていました」

ワンシーンを五十回、百回演じさせてさ、と鈴木が苦笑を浮かべた。

「それでも違うって言われたら、こっちも途方に暮れちまうけど、昔はそんな監督も多かったんだ。あの頃は良かったなんて言いたくないけど、ＯＫが出ると小便ちびりそうになるぐらい嬉しくてさ。ただ、白波瀬さんは独特っていうか、癖があるっていうか……」

お伺いしたかったのは、と誠は鈴木の顔を覗き込んだ。

「映画デビューは白波瀬監督の『銀の柩』ですよね？　その後も昭和五十一年の『天気予報の女』まで、全作に出演されています。白波瀬映画はキャストが固定される傾向がありますが、鈴木さんは重要な役を任されることが多かった。そうですね？」

いろいろやらされたよ、と鈴木が白髪頭を掻いた。

「大部屋俳優だった俺を抜擢してくれた恩があるから、無茶を言われても断れなかった。使い勝手が良かったんじゃないの？　『信長を殺した男』は観たかい？　全速力で走る馬から落ちろって言われてさ、あんなに怖かったことはないね。しかも、十回以上だよ？　わかりましたってうなずく俺も俺なんだけどさ」

それ以降の白波瀬映画に出演しなかったのはなぜです、と誠は質問した。

「今回の『妖奇』でも、あなたはワンシーンしか出ていません。何かあったんですか？」

二十五年ぶりなんだからってカメラの熊田さんに口説かれてさ、と鈴木が顔をしかめた。

「いろいろしがらみもあるし、仕方ないかって。熊田さんも死んじまったな……本音を言えば、出たくなかったよ」

「なぜです？　監督と仲違《なかたが》いしたとか……」

鈴木が口を閉じた。話す気はない、と顔に書いてあった。

試写会も欠席してますね、と誠は鈴木を見つめた。ろくに出てもいないのに、と鈴木が吐き捨てた。

「行ったって仕方ないだろう。あの人は二十五年間、映画を撮っていなかった。白波瀬組はとっくに解散してたんだよ。役者だってスタッフだって、他の仕事をしていたし、現場で顔を合わせることもあったから、懐かしいってこともない。もういいかい？　すっかり騙されちまった。東洋新聞の取材だっていうから、のこのこやってきたら、聞きたかったのは白波瀬さんのことかよ」

東活東京撮影所の所長に伺いましたが、と誠は言った。

「『天気予報の女』がクランクアップした時、あなたと白波瀬監督が口論していたのを覚えていました。理由はわからないが、険悪な雰囲気で近づけなかったと……その後、あなたは活躍の場をテレビに移しましたが、関係あるんですか？」

もう映画は駄目になってたんだよ、と鈴木が皮肉な笑みを浮かべた。

「新聞記者なら知ってるだろ？　ずっと前から、見切りをつけていた。テレビに行ったのは白波瀬さんと関係ない」

「口論の原因は何です？」

しつこいな、と鈴木が立ち上がった。

「あんたに話す義理はないよ」

「四十六人が亡くなっています。春口さんや監督の奥さんもです。あなたと親しかった方もいたでしょう？　その方たちのために、話してくれませんか？」

言っただろう、と鈴木が舌打ちした。

「あの人はしつこ過ぎるんだ。いいかげんにしろよって俺は何度も……」

鈴木が喫茶店を出て行った。誠は手を伸ばし、ＩＣレコーダーのスイッチを切った。

6

昔のことは話したくないんです、とスマホから女の声が漏れた。

「それに、わたしが録音助手を担当したのは三十年以上前ですし……」

お願いします、と凪がスマホに向かって頭を下げた。白波瀬が監督した映画のクレジットで名前を見つけ、数人の連絡先を調べたが、電話は繋がらなかった。最後の一人が成瀬《なるせ》政子《まさこ》というスタッフだった。

「お気持ちはわかります。触れられたくない過去は誰にでもありますから……わたしもそうです。会社の上司にセクハラまがいのことをされても、黙っているしかありませんでした。成瀬さんはお仕事を辞められた、と勤めていた制作会社の方に伺いました。白波瀬監督の下についたのも一度だけですよね？　その時のことを話していただけませんか？」
三十一、二年前、と成瀬が言った。
「白波瀬組のスタッフがクランクイン直前に入院して、ピンチヒッターで呼ばれたんです。いい噂を聞かなかったので、行きたくなかったんですけど、当時の制作会社の上司が白波瀬と親しくて、どうしてもと頼まれたんです。二カ月ほど、現場に入りました」

「わたしは白波瀬さんが撮影現場で何をしたか、それを調べています。具体的にはハラスメント行為ですが……」

あの頃はそういう便利な言葉はありませんでした、と成瀬が苦笑した。

「でも、そうです。助監督や脇役を殴ったり、そんなことはしょっちゅうでした。口汚く罵ったり、常連俳優と組んで新人をいじめるのも見ています。何よりも、監督の権限を使って、キャストやスタッフをクビにすると脅かすのが酷くて……わたしは制作会社の社員でしたから、怖くありませんでしたけど、フリーの方はねえ……あれだと、監督のご機嫌を伺うしかありません。酷いと、女衒《ぜげん》まがいに若い女性をあてがったり、そんな人もいたと聞きました。あんなに空気の悪い現場を、他に知りません。クランクアップすると、わたしは会社に戻り、それきりです。もういいでしょう？　話せるのはそれだけです」

通話が切れた。凪はスマホに目をやり、深いため息をついた。

7

ありがとうございました、と蔵元は軽く頭を下げた。こちらこそすいません、とパソコン画面の中で東活宣伝部の横川が言った。

「ラッシュを見せてほしい、と何度も監督にお願いしたんですが、ご存じの通り完全主義者なので、なかなか了解が出なくて……」

映画では撮影状態を確認するため、未編集のプリントを試写にかける。ラッシュとはそれを指すが、音楽も入っていないし、アフレコのシーンもあるので、完成した作品と印象が違ってくる。

撮影中、あるいは撮了後にラッシュが開かれる。監督とカメラマンを中心に、最小限のスタッフだけで観る場合が多い。

「七回、ラッシュをしたそうですね」

蔵元の問いに、そう聞いています、と横川がうなずいた。

「宣伝部が入ったのは一回だけです。B班が風景を撮ってる、と監督が話していたのを覚えてます」

主要シーンは自分で撮るが、脇役の芝居、挟み込む風景などは助監督のB班に任せるのが白波瀬のやり方だった。海外でも、そういう監督は少なくない。

ありがとうございましたともう一度言って、蔵元はログアウトした。画面から横川の顔が消えた。

『妖奇』の公開が早くなったため、原稿の締め切りも前倒しになった。週刊誌のデジタル編集部から、矢のような催促が続いていた。

だが、蔵元は『妖奇』を半分も観ていない。いくつかの場面、そしてラストの展開はわかっていたが、それだけでは原稿を書けない。

流れを摑むため、プロデューサーの森田、現像所の技師、ラッシュ試写を観た者と連絡を取り、欠けていたピースを埋めていった。

最後が東活宣伝部の横川で、ようやく全体のストーリーが把握できた。窮余の一策だが、やむを得ないと蔵元は肩をすくめた。

（それにしても書きにくい）

蔵元はデスクの前で腕を組んだ。自分が観た『妖奇』のパートと、関係者から聞き取ったパートを整理したが、自分が死んだことに気づいていない者が謎を追う展開は、約二十五年前に公開された有名な映画とほぼ同じだった。

マウスをクリックし、ＹｏｕＴｕｂｅを開いた。東活がアップした『妖奇』の製作記者会見画像に、自信たっぷりの笑みを浮かべた白波瀬が映っていた。

『これはずっと温めていたアイデアで、ネタバレになるかもしれないけど、前代未聞のトリックですよ。小説にしたらベストセラー間違いなしだし、文芸誌の編集長が何人も来て、書いてくださいと頭を下げたけど、私は映画監督だからね。小説じゃなく、映画でやりたい、やらなきゃいかんと思いましたよ』

蔵元は画面をポーズにした。『妖奇』のストーリーを知った上で見ると、何もかもが嘘だった。法螺《ほら》と言ってもいい。

『サイコ』を下敷きに、『妖奇』で使ったトリックは、前代未聞でも何でもなかった。六〇年代の映画にも前例があり、同工異曲の作品は数え切れない。

長年温めてきたアイデアというが、時系列に沿って考えると、白波瀬が最後の作品を撮ったのは二十五年前だから、その前後にあの映画を観たのだろう。

老いは残酷だ、と蔵元はつぶやいた。製作記者会見を見直すと、ハッタリが目立った。

若き日の白波瀬はオリジナリティの塊で、様々な撮影技法を駆使し、昔からあるパターンを踏襲する際も必ずアレンジを加えていた。切り口を変えて新しく見せる馬力もあった。

だが、『妖奇』には何もなかった。単に主人公を男性から女性に変えただけの焼き直しに過ぎない。

文芸誌からの依頼が殺到した、という話も嘘だ。昔ならともかく、今の白波瀬に執筆の依頼などあるはずもないし、表に出していないアイデアをどうやって編集者が嗅ぎ付けたというのか。

白波瀬の尊大さも鼻につくものがあった。主演の春口燿子と宇田川翔理を左右に従え、マイクを独占するように喋り続けていた。

東活もまずい、と蔵元は顔をしかめた。〝最後の巨匠〟〝二十五年ぶりの新作〟と煽れば、白波瀬が舞い上がるとわからなかったのか。

やっと自分の価値がわかったか、と白波瀬は叫びたかっただろう。自分から映画を取り上げた者たちへの復讐《ふくしゅう》の念もあったはずだ。

(東活だけではない)

蔵元は肩を落とした。白波瀬組のスタッフ、そしてキャストにも責任がある。

パルムドールを獲った監督として、彼らは白波瀬を神聖視した。それが白波瀬組の自意識を肥大させた。

マスコミ、そして映画評論家の罪も重い。蔵元もそうだが、白波瀬を映画の神と崇《あが》め、世界の映画史上最も重要な監督の一人、と高く評価し続けた、
白波瀬が干されたのは、映画が当たらなくなったからだが、二十五年という時間がその存在を伝説にした。映画評論家はその語り部だった。

蔵元に限らず、多くの映画評論家が畏敬の念を抱き、最後の巨匠、映画の神様と称賛を惜しまなかった。東活、スタッフ、キャスト、マスコミと映画評論家が白波瀬を増長させたのは否

めない。

そして再評価の気運が高まり、奇跡の復活を遂げた。二十五年ぶりにメガホンを取った白波瀬が主演の二人より前に出るのを、誰も止められなかった。

（白波瀬だけの責任ではない）

後悔が蔵元の胸にあった。崇め奉るだけで、実像に迫ろうとしなかった。そこに切り込んでいれば、評価は変わったはずだ。

パソコンの画面に、影が反射した。後ろに女が立っている。黒い服を着た女だ。

振り向こうとしたが、体は動かなかった。両肩を白い手が押さえていた。

女の顔に光が当たった。春口燿子、と蔵元の唇からつぶやきが漏れた。

そんな馬鹿な。あり得ない。彼女は死んだはずだ。

春口の後ろに、ひとつ、またひとつ、と女の影が映った。誰なのかと思ったが、見覚えのない顔ばかりだった。

「だれ……か……たすけ……」

喉からうめき声が溢れた。パソコン画面に映る自分の目が真っ赤になっていた。

後頭部を摑まれ、そのまま顔をパソコンに叩きつけられた。画面に罅《ひび》が入った。

映っている女たちの顔がはっきり見えた。肩だけでなく、二の腕、首、背中にも手が伸びている。

強引に髪を引っ張られ、顔が上を向いた。息がかかるほど近くに、春口の顔があった。その目に光はなかった。

何本もの女の手が、蔵元の顔をパソコンに強く押し付けた。顔から垂れた血がキーボードに点々と垂れた。

腕を払おうとしたが、抗《あらが》えなかった。体中に女の手が絡みついている。動きが取れない。

（なぜだ）

叫んだつもりだったが、声は出なかった。なぜこんなことになったのか、理由がわかった。

白波瀬は過去に女優、そして弱い立場のスタッフにハラスメントを繰り返していた。蔵元を含め、誰もそれに触れなかった。

彼女たちの怒りが、恨みが『妖奇』に籠もり、観た者を殺そうとしている。

デスクのスマホに目を向けた。如月に電話を。あの映画を観てはならない。

だが、指一本動かなかった。顔を手のひらで挟まれ、ゆっくりと、首が右へ動いていく。ゆっくり、ゆっくり、ゆっくり。

右の肩が見えた。それでも、首は止まらない。じわじわと力を込め、女の腕が蔵元の首を捩《ねじ》っている。

右斜め後ろの壁が視界に入った。右目だけでなく、左目も壁を見ていた。

何かが折れる音が、体の奥から聞こえた。首の骨だ。

数本の腕が蔵元の顔、首、顎にかかり、ねじ曲げていく。痛みは感じなかった。舌がだらりと伸び、口の外にはみ出した。首が完全に後ろへ回った。見えたのは、立っている十数人の女だった。

数本の指が蔵元の目を抉った。視界が閉ざされ、何も見えなくなった。

Film5
わたしは絶賛します

1

金曜日の夕方、凪は東京メトロ霞ケ関駅構内にあるコーヒーチェーン店で、誠と向かい合っていた。

十分ほど待っていると、紙コップのコーヒーを手に、男が近づいてきた。佐久間《さくま》良英《よしひで》、警視庁捜査一課の刑事だ。

噂の彼女か、と佐久間が誠の隣に大きな尻を落ち着けた。三十七歳、と凪は誠から聞いていた。

東洋新聞社は全国紙で、東京本社で一括採用した新入社員の多くは、まず地方の支局に行く。他の全国紙も、その辺りの人事は同じだ。

言ってみれば試用期間で、新聞記者として実地を学ぶ。短ければ一年、長いと数年以上になるが、その後本社に呼び戻され、ほとんどは警視庁詰めになる。いわゆる〝サツ回り〟の記者だ。

夜討ち朝駆けの取材を行ない、情報を得る。ネタ元になるのは管理職クラスから現場の刑事までさまざまだ。

毎日のように刑事と顔を突き合わせていると、仕事の域を超え、友人として親しくなる者がいる。佐久間はその一人だ、と誠に聞いていた。

「噂も何も、佐久間さんには全部話してますよ」

どうも、と佐久間が垂れ下がった頬に笑みを浮かべた。フレンチブルドッグを彷彿させる愛嬌のある顔だ。

はじめまして、と凪は頭を下げた。

「〝キネマクラッシュ〟の里中です。矢部さんから佐久間さんの話を聞いて、お伺いしたいことが――」

彼女さんはせっかちなようだ、と佐久間が誠に顔を向けた。

「お前が話していた白波瀬圭子の件だが、怪しいところは何もなかったよ。心筋梗塞による突然死、正確に言えば虚血性心疾患。今じゃガンと脳卒中と並ぶ日本人の三大疾病のひとつで、珍しくも何ともない。事件性なんて、あるはずないだろう」

「彼女はどこで亡くなったんです？」

誠の問いに、自宅だ、と佐久間が答えた。

「詳しく言うと、自宅の浴室で倒れていた。夫が発見、一一九番通報したが、救急車が着いた頃には呼吸停止、心臓も止まっていた。夫の白波瀬仁は映画監督で……そこは説明不要か？後学のために教えておくが、自宅での死亡は変死扱いになるし、警察も調べる。ごく稀《まれ》にだが、事故死に見せかけて家族が殺すケースがあるんだ。昔は保険金目当てがメインだったが、最近じゃ介護疲れも多い」

「そうですか」

圭子は七十六歳だった、と佐久間が話を続けた。

「立派な後期高齢者で、突然死だとベッドより浴室やトイレで死亡する者の方が多いってデータもある。風呂に浸かっていて、貧血とか心臓発作とか、何らかの理由で意識を失い、口や鼻からバスタブの湯を吸い込んで溺死する。圭子の場合は浴室の床に倒れていたが、似たようなもんだ。もともと、心臓に持病があり、病院にも通っていた」

「年齢を考えれば、基礎疾患もあったでしょうね」

担当の刑事が医師に話を聞いてる、とスマホを開いた佐久間がメモに目をやった。

「胸痛、胸焼け、吐き気を訴えていたそうだ。要するに動脈硬化で、高血圧でもあった。体調が悪くなると病院に駆け込むが、市販の薬でごまかしたり、そんなこともあったようだ。定期的に通院していれば、死なずに済んだのかもしれんが、そこは言っても始まらないだろう」

「佐久間さんは捜査に加わったんですか？」

まさか、と佐久間が手を振った。

「本庁の捜査一課が乗り出すような話じゃない。そもそも捜査じゃなくて確認だ。所轄の連中が調べて、病死と結論が出た。もっとも、白波瀬仁といえば、俺でも知ってる有名な映画監督だ。何かあったんじゃないかと勘ぐるのは刑事の習性で、詳しく事情を聞いたそうだ」

「勘ぐる？」

「死亡推定時刻を計算すると、浴室で倒れていた妻を発見するまで二時間以上のタイムラグがあった。長すぎるだろ？　だが、夫に事情を聞くと、リビングで映画を見ていたので気づかなかった、と話していた。映画監督だから、そういうこともあるさ」

高齢女性の入浴時間は三十分ほどでしょう、と凪は首を傾げた。

「監督はおかしいと思わなかったんですか？」

何とも思わなかったらしい、と佐久間がコーヒーに口をつけた。

「女房が風呂に入ったのも気づかなかった、と刑事の質問に答えている。成城のお屋敷に住んでるが、リビングと浴室は離れていて、シャワーを全開にしても音が聞こえるかどうか、そんな感じだったと聞いた。妻が倒れた時は音ぐらいしただろうが、気づかなくても不思議じゃない」

「ですが……」

「俺は狭い官舎に女房と十歳の娘と住んでいるが、女房が風呂に入ろうがトイレに行こうが、知ったこっちゃない。夫は八十二歳で、耳も遠かっただろう。妙なところはない。病死というか、事故死だな」

「奥様の心臓が悪かったのを監督は知ってたんですか？」

もちろん、と佐久間がうなずいた。

「病院に通っていたのは、夫の話でわかったんだ。この十年で二度、狭心症の発作か何かで倒れ、病院に救急搬送されている。日常生活に支障はなかったから、まさか、と思ったんじゃないか？　どっちにしたって、いちいち見に行きゃしないよ。結婚して四十年だか五十年だか、長年連れ添った夫婦はお互い空気と同じだ。何を疑ってる？」

実は、と誠が低い声で言った。

「白波瀬監督の周りで不審死が続いています。それと関係があるんじゃないかと――」

東銀座の集団自殺か、と佐久間が顔をしかめた。

「大変な騒ぎだったな。あの件は本庁も捜査を始めている。何があったのか、こっちが聞きたいぐらいだ。お前は現場にいたんだろ？　詳しいことは知らんのか？」

ぼくたちも調べています、と誠がメモ帳に視線を落とした。

「ですが、わからないことだらけで……」

試写会には四十九人が来ていました、と凪は言った。

「そのうち四十四人が異常な形で死亡、映写技師も首を吊って死んでいます。試写会当日の未明には監督が自宅で変死……関係がないとは思えません」

試写会ね、と佐久間が腕を組んだ。

「夜のニュースに出るから、話してもいいだろう。今日の午後一時、映画評論家がマンションの仕事場で死亡した」

「映画評論家？」

「デスクに両肘をつき、手に万年筆とボールペンを持ち、そこに頭を打ち付けたそうだ。両目にでっかい穴が空いていたらしい。そんな死に方、聞いたことがない。雑誌の締め切りになっても連絡が取れないので、直接仕事場を訪れた編集者が死体を発見した。ドアは開いていたそうだ」

「なぜ死んだんです？　ドアが開いていたというのは――」

詳しいことは分らないが、と佐久間が首を振った。

「首の骨が折れていたり、他にも妙なところがあるんで、自殺、他殺、どっちの線も調べている、と同僚の刑事が話していた」

「その映画評論家の名前はわかりますか？」

顔を強ばらせた誠に、聞いてみよう、と佐久間がスマホを開いた。

何なの、と如月はつぶやいた。映画評論家怪死、とテレビの液晶画面にテロップが流れていた。

2

金曜日、夜七時。〝アートムービー〟編集部の全員がテレビに見入っていた。

『今日の午後、映画評論家の蔵元悟さんの遺体が仕事場で見つかりました。死亡時の状況が不明なため、警察は司法解剖して、事件、事故の両面で捜査を始めています。蔵元さんは映画情報番組の司会、コメンテーターなど、映画評論家のトップランナーとして二十年以上活躍を続けていましたが、突然の訃報に関係者から驚きの声が上がっています』

スマホが鳴り、如月は画面に目をやった。〝ムービーインフォ〟編集長の黒瀬《くろせ》からのビデオ通話だ。白ネズミの異名通り、髪の毛が真っ白な小男が映っていた。

「如月、ニュース見たか？　参ったよ。うちの木下《きのした》が蔵元さんの仕事場で死体を発見したんだ。警察の事情聴取を受けて、さっき戻ってきた。顔色は真っ青だし、編集部で吐くし、仕事にならないから帰れと言ったんだが、一人にしないでくれと泣き出した。大の男があんなに怯《おび》えているのは、俺も見たことがない。よっぽど怖かったんだろう。無理もない、まともな死に方じゃなかったからな」

詳しく話して、と如月はスマホをデスクのパソコンに立て掛けた。黒瀬とは歳が同じで、昔から親しい。

うちはウェブマガジンだから、と黒瀬が両手でボールペンを摑んだ。

「情報更新の速さが売りだ。東活の植木常務に頼まれて、『妖奇』のキャンペーンを張ってたのは知ってるだろ？　二カ月前から蔵元さんに白波瀬監督の過去作について原稿を書いてもらっていたが、東銀座の集団自殺もあって、とんでもない勢いでページビューが伸びている」

「知ってる」

公開が前倒しになって締め切りが繰り上がった、と黒瀬が言った。

「それは蔵元さんも了解していたんだ。締め切りは昨日の昼だったが、どうしても書けないって言うんで、待つしかなかった。原稿が届けばアップするだけだが、ウェブマガジンにもデッドラインはある。木下が催促していたが、夜になると連絡が取れなくなった。蔵元さんは何度か逃げたことがある。今朝になって、ヤバいかもしれないと木下が言ってきた」

「それで？」

今日の昼前、蔵元さんから木下にメールがあった、と黒瀬が左右に目をやった。

「来てくれ、とだけ書いてあったそうだ。何のことかわからなくて、何度か携帯に電話を入れたが、留守電に繫るだけだった。うちの会社と飯田橋の蔵元さんの仕事場は地下鉄で二駅だし、行った方が早いってことになって、一時過ぎに木下がマンションに向かった。ドアの鍵が開いていて、中に入ると、蔵元さんがデスクに突っ伏していたそうだ」

こんな感じだ、と黒瀬がデスクに手を突き、その上に顔を伏せた。

「居眠りかと思って声をかけたが、様子がおかしいんでよく見ると、手にしていた万年筆とボールペンが両目に深々と突き刺さってたようだ。デスク周りは血だらけだったと聞いた」

黒瀬が両手に握ったボールペンを目の下に当てた。

「木下はまだ二十五歳だ。腰を抜かして引っ繰り返ったというが、誰だってそうなる」

「年齢は関係ないでしょ。そんな死体を見つけたら、わたしもパニックになる」

「俺に電話をして、どうすればいいですかって喚き出した。とにかく警察に通報しろって言ったさ。そこから五時間、木下と連絡が取れなくなった。警察の事情聴取を受けてたんだ」

「何を聞かれたの？」

現場の状況だよ、と黒瀬が手にしていたボールペンをデスクに放った。

「警察の話じゃ、両目を貫通して脳まで突き刺さっていたらしい。考えただけでもぞっとするよ。パソコンのモニターには罅が入っていて、蔵元さんの額がぱっくり割れてたっていうから、頭を画面で打ったんだろう。骨まで見えた、と木下が呻いてたよ」

何があったのか知らないが、と黒瀬が言った。

「錯乱による自殺じゃないか？　ただ、蔵元さんの首の骨が折れていたり、木下に送ったメールのこともあるからな」

「来てくれってメール？」

　そうだ、と黒瀬がうなずいた。

「昨日の夕方、蔵元さんは東活宣伝部の横川さんや関係者に電話やメールを入れ、『妖奇』について質問していた。死亡推定時刻は昨日の夜八時前後、木下にメールが届いたのは今日の昼前だ。おかしいだろ？　部屋の鍵が開いてたり、奇妙な点が多すぎる。木下が殺した可能性もある、と警察は考えたようだ」

「そうなの？」

　状況だけで言えば警察が木下を疑うのも無理はない、と如月は思ったが、勘弁してくれ、と黒瀬がぼやいた。

「昨日、あいつはずっと社にいたよ。だいたい、蔵元さんを殺す理由がない。木下の話だと、警察は自殺の線をメインに調べているようだが、何らかの事故、他殺ってこともあり得るのかもしれない……君は蔵元さんと親しかっただろ？　何か知ってるか？」

「さあ……」

　何とも言えない、と如月は首を傾げた。『妖奇』には例の件がある、と黒瀬が声を潜めた。

「試写会の直後、四十五人が変死したが、君も蔵元さんも行ってたよな？　そこで何かあったんじゃないか？」

　わからない、と如月は答えた。

「本当にわからないの。あの後、蔵元くんと話したし、なぜあんなことが起きたのか、ずっと考えていた。もっと言えば、どうしてわたしと蔵元くんが死ななかったのか……ある種の集団催眠って、ワイドショーで精神分析医がコメントしていたのは見た？」

「ああ」

「それなりに納得できるけど、わたしと蔵元くんが巻き込まれなかった理由は説明できない。他にも東活の森田プロデューサーとか無事な人が何人かいて、変死した人たちとの違いは何だったのか……」

ネットじゃ『妖奇』の祟りって話になってる、と黒瀬が怯えた声を上げた。

「君に電話したのは、今後『妖奇』をどう扱うか、聞いておきたかったからだ。うちの編集部じゃ、取り上げない方がいいって声が上がってる。正直言うと、俺も同じだ。何ていうか、触れちゃいけない感じがするんだ。理屈じゃない。直感だよ」

如月は額に手を押し当てた。論理より勘の方が正しいこともある、とわかっていた。

「だが、これだけ話題になってる映画だ。スルーするのもどうかと思って、知り合いの編集者に意見を聞いてる。〝アートムービー〟はどうするんだ？」

うちは紙だから、と如月は言った。

「先月号で予告も打ってるし、簡単に変更出来ない。あなたは蔵元くんに『妖奇』を任せて、試写は見てないでしょ？　はっきり言うけど、つまらない映画だった。巻頭で特集するつもりだったけど、ページは減らす。でも、ノータッチってわけにはいかない。そこは最後の巨匠だし、つまらならいならつまらないなりに書きようはある」

老舗の〝ビッグスクリーン〟は作品情報しか載せないそうだ、と黒瀬が頭を掻いた。

「西岡《にしおか》編集長と話したが、あそこも蔵元さんに原稿を頼んでいた。白波瀬信者で有名だったからな……他にも何人かと話したが、どこも最低限のデータだけにすると言ってたよ。忠告じゃないが、〝アートムービー〟もそうした方がいいんじゃないか？」

「考えてはいるけど……」

異常なことが多すぎるよ、と黒瀬が頭を抱えた。

「ホラー映画のプロモーションとして、俳優が死んだ、スタッフが事故にあった、撮影現場で怪奇現象が起きた、何でもありが映画業界だけど、マスコミには責任がある。興味本位で『妖奇』を扱うと火傷するぞ」

「きちんと批評するのもマスコミの責任でしょう」

余計な口出しか、と苦笑した黒瀬が通話を切った。画面が暗くなった。

何があったのか、と如月は腕を組んだ。事故死ではないし、蔵元が自殺するはずがない。

自殺の方法として、両目に万年筆とボールペンを突き刺すのは異常だ。首の骨が折れているのも、整合性がない。そして、事故の可能性はゼロだ。

残るのは他殺だが、蔵元を殺す動機を持つ者などいるはずがない。たかが映画評論家だ。他人の恨みを買うような男ではなかった。

パソコンに立て掛けていたスマホが震え出し、ぱたりと倒れた。画面に目をやると、東活森田プロデューサー、と表示があった。

3

どうなってるんだ、とリビングのテーブルで誠が首を傾げた。凪は震える手でパジャマの襟を合わせた。無性に怖かった。

刑事の佐久間と会い、蔵元の自殺について聞いた。その後、凪は会社に戻ったが、夜のニュースで蔵元の件が流れると、仕事が手につかなくなった。連絡を入れ、夜九時に池尻大橋の誠のマンションに向かった。

同僚の記者に聞いた蔵元の死の詳しい状況を、誠が説明した。その異常さに、凪の腕に鳥肌が立った。

自殺するような人じゃない、と誠が言った。

「親しいわけじゃなかったけど、それぐらいはわかる。蔵元さんは映画オタクで、世の中に映画がなくなったら絶望して自殺を考えたかもしれないけどね」

冗談めかした言い方に、凪は眉をひそめた。すまん、と誠が肩をすくめた。

「茶化すような話じゃないよな……それにしても、なぜだ？　何が起きたんだろう？」

『妖奇』が関係している、と凪は小声で言った。

「他に考えられない……このまま終わると思う？」

嫌な予感しかしない、と誠がグラスに残っていたビールを喉に流し込んだ。二人とも夕食を取っていない。食欲はなかった。

「次はぼくか？　それとも君か？　昨日、東活が記者会見をしたけど、君は蔵元さんと話していたな。何か言ってたか？」

試写会に四十九人が来ていた、と凪は蔵元の顔を思い浮かべた。

「そのうち、四十四人が集団自殺をした。でも、わたしとあなた、蔵元さんと如月編集長、そして森田さんは生きている……その理由を説明できる、と蔵元さんは話していた」

「どういうことだ？」

あなたは試写会に遅れてきた、と凪は誠の顔を見つめた。

「そして、小岩井さんの訃報を聞き、最後の二、三十分を観ないまま試写室を出た。それは如月さんも同じ。森田さんは試写室に来たけど、呼び出しがあって試写を観ていない。蔵元さんは二日酔いで、席とトイレの往復だったそうよ。四人に共通するのは『妖奇』を不完全にしか観ていないこと」

「なるほど、そういうことか……『妖奇』を最初から最後まで観ると、衝動的に自殺するってわけだな？　だが、それなら君はどうなる？　長尾編集長と試写会に行ったんだろ？」

「うん」

「試写会が終わると、長尾さんは道路に飛び出し、車に轢かれて死んだ。だが、君は生きている。二人の違いは何だ？　説明できないだろ？」

　今まで言えなかったけど、と凪はうつむいた。

「わたしも『妖奇』を観ていない」

「どういうことだ？　ぼくが試写室に入った時、座っている君の背中が見えた。自分の彼女を見間違えるわけがない」

　試写室にいたのは本当よ、と凪は額を指で押さえた。

「長尾編集長の隣の席で観ていた。でも、前の日が校了だったの。徹夜明けで一度マンションに戻ったけど、うまく眠れなくて……出社したその足で、編集長と東銀座へ行った。冒頭のシーンが長くて、気づいたら寝落ちしていた」

「寝落ち？」

　全部じゃない、と慌てて凪は手を振った。

「何ていうか、半分寝て、半分起きてるみたいな……ところどころで目が覚めて、それからしばらく観てるんだけど、また眠ってしまう……ストーリーはよくわかっていない。春口さんと宇田川さんが夫婦役で、家を買っていたでしょ？　娘がいて、ローンが大変だとか、そんな台詞も覚えてる。あの後、どうなったの？」

　人のことは言えない、と誠が苦笑した。

「ぼくは始まって三十分……四十分ぐらいかな？　それぐらい経ってから試写室に入った。あの二人がローンを組んで家を購入したのは、回想シーンがあったから何となくわかった。ぼくが最初に見たのは、黒ずくめの服を着た背の高い女がシャワーを浴びていた男、俳優の醍醐治の腹をナイフで刺す場面だった」

遅刻したぼくが言うのは違うかもしれないけど、と誠が肩をすくめた。

「なぜ女が醍醐を刺したのか、それはわからなかった。たぶん、ラストで謎が解かれたはずだ。さんざん伏線を張って、匂わせていたからね。その後、ホラータッチになって、夫婦が買った家が事故物件だとわかり、いろんな怪奇現象が起きて、春口さんが精神的に追い詰められていく……そんな感じのストーリーだったな」

黒い服を着た女が男を刺すシーンは覚えてない、と凪は首を振った。

「居眠りしていたんだと思う。春口さんのベッドシーンは観たけど、あれは映画の中盤だった気がする」

一時間ぐらい経った頃だ、と誠がうなずいた。

「かなり激しい濡れ場だった。清純派の春口さんがあそこまでやるとは思わなかったから、驚いたよ。フルヌードとはね……よく事務所が許したな。何社もコマーシャルに出てるだろ？下手したら、スポンサーが怒り出すぞ」

彼女のマネージャーと話したけど、と凪は言った。

「ほとんど騙し討ちだったって……撮影してからなし崩しで了解を取るのは、いかにも昭和の映画監督ね。だけど、イメージチェンジを考えてたから、最終的にはオッケーを出したそうよ。でも……本人は納得していなかったかもしれない。彼女が悩んでいたのはそのせいだったんじゃないのか……そんな気がするの」

サスペンスとホラーのハイブリッド、と誠がこめかみを指で何度か叩いた。

「そんな風に、白波瀬監督はインタビューで『妖奇』について話していた。でも、ジャンルで言えばミステリー映画なんだ」

「うん」

「春口さんと宇田川くんの夫婦が事故物件を購入したのは本当だけど、家の中で起きる怪奇現象にはトリックがある。いろんな映画のアイデアを使い回したんだ。具体的に言えばヒッチコックの『サイコ』とシャマランの大ヒット作の流用で、あそこから意外性のある結末に持っていくのは難しい。既視感がある、と誰でも思うんじゃないか？」

「でも、製作記者会見で、前代未聞のトリックだと監督は話していた。それは覚えてる」

そうなんだよな、と誠が頭を両手で掻いた。

「〝世界のシラハセ〟が見え透いたことをするとは思えない。あと五分か十分、謎解きのパートを観ていれば、確かなことが言えるんだけど……君は観てないんだろ？」

エンドクレジットだけ、と凪は答えた。

「編集者失格よね……つまり、わたしたち五人は『妖奇』を部分的にしか観ていなかった。蔵元さんが正しいなら、だから死なずに済んだことになる。だけど、それっておかしくない？」

「どういう意味だ？」

「だって、監督やスタッフ、主演の春口さんと宇田川さんは撮影中その場にいたんでしょ？何を撮っていたか見ていたわけだし、ストーリーもわかっていたはずで――」

白波瀬監督はその場で演出する、と誠が首を振った。

「昔から即興演出で有名だ。プロットはともかく、全体のストーリーは監督の頭の中にしかないし、それも状況で変わる。台詞は当日の朝に渡されるそうだ」

評伝を読んだけど、と凪はうなずいた。

「そんなエピソードが書いてあったし、リハーサルをやると芝居っぽくなるから、台詞を教えない監督は他にもいるよね」

俳優は全シーンに登場するわけじゃない、と誠が言った。

「他の役者が演じる場面もある。その時は現場にいない。白波瀬映画には脚本がないし、『妖奇』に限らず、映画やドラマでは俳優たちも何を撮っているのか、どのシーンなのかわからないことがある。特に脇役はそうだし、監督は主演の二人にも細かい説明をしなかったんじゃないか？　リアリティ重視のためで、『エクソシスト』の監督はいきなり役者を平手打ちにして、怯えた表情を引き出したそうだ。勝新太郎にも似たようなエピソードがある。今では許されない演出法だけど、古い映画人の白波瀬監督がその流儀を通したなら、キャストには全体のストーリーがわからなかっただろう」

「でも、スタッフは？」

立ち上がった誠が本棚から一冊の新書を引き抜き、テーブルに置いた。

「〝ザ・ムービー映画術〟……ノンフィクションライターが白波瀬監督の映画の撮り方を聞き書きした本だ。これによると、役者が出ている場面は自分で、風景や人が多いモブシーンはB班の助監督が撮るようだ。その辺は任せていたんだろう。フィルムで撮影しているから、現像が上がるまでは何が映っているかわからない。つまり、全体のフィルムを観た者はいなかったことになる」

「そんな……」

「撮影中、ラッシュを何度かやってるはずだけど、音楽も入っていない粗編集に過ぎない。撮影したフィルムはすべて白波瀬監督が管理し、自宅で編集している……そうか、その時点で『妖奇』は完成したんだ。だから、あんな奇妙な死に方を――」

「今、フィルムはどこに？」

わからない、と誠がスマホに手を伸ばした。

「試写会が終わった直後、来ていたキャストやスタッフが歩道橋から飛び降り、地下鉄に飛び込み、宇田川くんたちは自分の喉をナイフで切り裂いて死んだ。現場は大騒ぎで、フィルムどころじゃなかっただろう。誰かが回収したはずだけど……」

聞いてみよう、と誠がスマホに触れた。何度目かのコールで、森田です、と声がした。

4

火をつけたばかりの煙草を、如月は灰皿に押し付けた。編集部から自宅マンションに戻ったのは一時間ほど前だ。得体の知れない怯えが胸の内にあった。

知り合いの雑誌記者を通じ、蔵元の死について詳しく聞いた。黒瀬が話していた以上に、凄惨な死に様だったようだ。

開いたままのパソコンに目をやると、Ｒｅ：如月様、というテレビジャパン報道部の記者からのメールが画面にあった。高校の後輩で、今も付き合いがある男だ。

『お問い合わせの件ですが、担当刑事に確認したところ、蔵元さんのデスクからアブサンやテキーラなど、アルコール度数の高い酒が見つかり、血中アルコール濃度が〇・三パーセントを超えていたことが検死でわかったそうです。蔵元さんは常習的にアルコールを飲んでおり、二日酔いでスタジオに来ることも珍しくなかった、とＢＳテレビのディレクターが話していました』

それは知ってるとつぶやいて、如月はメールの続きを読んだ。

『酒癖も悪く、酒乱とまでは言いませんが、それに近かったようです。極めて異常だが、第三者が関与した可能性はなく、警察は自殺と結論を下しました。万年筆とボールペンを自分で握っていたのが決め手で、死んだ人間の手に何かを握らせるのは不可能だそうです。首の骨が折れていたのは、パソコンに激しく頭を打ち付けたためで、万年筆とボールペンは脳に食い込んでいました。刺した時の勢いでそうなった、と刑事に聞きました』

六年ほど前から、打ち合わせで蔵元と会うと、きついアルコール臭が漂ってくるようになった。その頃、妻と離婚していたが、それも関係していたのだろう。

もともと性格的に弱いところがあるのは、如月も知っていた。離婚がダメージとなり、酒に逃げたのは確かだ。

蔵元との付き合いはそれなりに長く、酒を控えた方がいい、と忠告したこともあったが、無駄だとわかり、すぐに諦めた。強引に止めるほど、親しいわけではない。

警察は蔵元の死を自殺と判断したようだが、違和感がある、と如月はこめかみを指で押さえた。

（なぜ死んだのか？）

追伸という文字に気づき、メールをスクロールした。蔵元さんの死に顔ですが、と文章が続いていた。

『警察の鑑識員でも正視できなかった、と聞きました。顔全体が歪んでいた、人とは思えなかった、現場検証をした刑事がその場で嘔吐した、そんな話もあります。顔の上半分と下半分を逆方向に捩ると、あんな風に歪むんじゃないか、と刑事が話してました。ですが、人間の力ではできないでしょう。どうしてそうなったか尋ねましたが、答えはありませんでした』

如月は新しい煙草を指に挟んだ。人ではない何かが蔵元を殺したのではないか。それは『妖奇』にかかわっていた何かだ。

試写で見た『妖奇』について、凡庸な出来だった、と東活の植木常務に話した。どこかで観たような退屈な映画、としか言いようがなかった。

白波瀬は映画の神に見捨てられた。それでも、映画から離れられなかった。二十五年間、映画のことだけを考え続けていたのだろう。

異常な執着心がフィルムから染み出していた。見ていて不快になるほどだった。

白波瀬は力ずくで映画を支配する。病的なほど細部にこだわるのはそのためだ。

だが、それには体力と気力がいる。四十代以降、白波瀬の映画が急速につまらなくなったのは、エネルギーを失ったからだ。

『妖奇』を撮るに当たり、白波瀬がしがみついたのは監督という立場だけで、執念と呼ぶほどの思い入れはなかっただろう。

感情が曲がったような異様な念が『妖奇』に籠もっていたが、あれは何だったのか。

如月は目をつぶり、試写で見たファーストシーンを思い返した。郊外の一軒家が頭の中のスクリーンに映った。

5

夜十一時、指定された銀座駅からほど近いダイニングバーに凪と誠が入ると、疲れ切った様子の森田が座っていた。

無理なお願いをしてすみません、と誠が頭を下げると、いいんです、と森田が向かいの席を指さした。

「とにかく、座ってください。ここは東活ご用達の店で、夜中の四時まで営業していますから、ゆっくり話せます」

スコッチをストレートで、と森田がオーダーし、凪と誠はコーヒーを頼んだ。

酒を飲んでる場合じゃないんですが、と森田が薄くなった頭を掻いた。いえ、と誠が首を振った。

「プロデューサーの圭子さんの死から数えると、春口さん、白波瀬監督、小岩井さん、試写会に来ていた四十四人と映写技師、そして蔵元さん……五十人が亡くなっています。どう考えても異常で、ぼくも飲みたいぐらいですよ」

何が何やら、と森田がため息をついた。

「すべての死の中心は『妖奇』で、あなたたちもその輪の中にいます。なぜこんなことになったのか真相を知りたい……そうですね？　私も同じ舟に乗っています。次は私かもしれないと思うと、酔っ払わなければやってられません」

ウエイターがテーブルに置いたグラスを森田が摑み、スコッチウイスキーを一気に飲んだ。目が血走っていた。

同じものを、と頼んだ森田に、話を聞かせてください、と凪は言った。

「五十人の死が『妖奇』と関係している……わたしも矢部さんもそう考えています。発端は白波瀬圭子さんの死でしょう。ネットの記事を調べましたが、心筋梗塞で亡くなったそうですね」

亡くなられたのは自宅です、と誠がうなずいた。

「うちの社会部の記者に確認しましたが、事件性はありません。昔から心臓が弱かった、と聞いたことがあります。不審な点はないと思うんですが……」

圭子さんは苦しかったでしょう、と森田が二杯目のグラスに口をつけた。

「私のような映画会社の社員プロデューサーと違って、彼女は一人ですべてを背負っていましたからね。『妖奇』の企画は昔からあったんです」

「はい」

「白波瀬監督が映画を撮らなく……いえ、撮れなくなってから二十五年、圭子さんは文字通り奔走していました。海外での再評価の気運が高まったチャンスを捉え、シラハセはなぜ新作を撮らないのか、と欧米のメディアに書かせたのも彼女です」

聞いています、と凪はコーヒーをひと口飲んだ。

「でも、東活をはじめ、国内のメジャー映画会社は資金難を理由に断った。圭子さんは資金を調達するために、アメリカと中国を何度も往復し、十五億円の保証を取り付けたので、やっと東活のゴーサインが出た……そうですね？」

試写は見ましたよね、と森田が言った。

「スケールだけで言えば、十五億円もかかる映画じゃありません。ただ、ご存じの通り白波瀬監督は完璧主義ですし、小道具ひとつにもうるさい人です。CGは嫌いで使いませんし、気が乗らない、雲の形が悪い、風が違う、と撮影を中断するのはいつものことですよ。スケジュールの遅れは、最初から見えていました。映画会社はパトロンじゃありません。あんなやり方、今じゃ通用しませんが、圭子さんはどんな無茶な要求でも応えていました。心労が重なり、亡くなったのも無理はありません。あれは過労死ですよ」

「白波瀬監督を愛していたから、そこまでできたんですね」

どうなんでしょう、と森田がグラスをテーブルに置いた。

「監督にとって、圭子さんはビジネスパートナーに過ぎませんでした。都合のいい女プロデューサーってことです。悪口雑言、DV、パワハラがあっても、彼女は耐えていました。穿《うが》った見方ですが、世界のシラハセのプロデューサーを務めることが、圭子さんのプライドだったんでしょう」

パワハラ、と凪はつぶやいた。『妖奇』の製作記者会見の後、囲み取材で、無能なプロデューサーのせいで企画が通らなかった、と白波瀬が吐き捨てていた。

圭子は苦笑するだけだったし、監督とプロデューサーといっても夫婦だから、二人にしか通じない冗談もあるだろう、とその場にいた記者たちは苦笑していたが、あれは暴言であり、パワハラだった。

昔の邦画界では、と森田が声を潜めた。

「パワハラ、セクハラ、あらゆるハラスメントが横行していました。多くの関係者が指摘してますし、武勇伝として語る大御所俳優もいますからね。特に、映画では監督に権力が集中します。キャスティングに口を出せますし、スタッフも同じですよ。下手に口答えでもしようものなら、次からお呼びはかかりません。ごまをするだけのイエスマンに囲まれたら、ますます増長します」

今は違いますよ、と手を上げた森田が三杯目のスコッチを頼んだ。

「今はフリーでも組合に入れますし、労働条件や最低賃金についてもある程度権利が認められていますが、昔はねえ……三十年前でも酷いもんでしたよ。私が東活に入社した頃は、暴力沙汰なんてしょっちゅうでした」

新聞社も似たようなものです、と誠が苦笑した。

「ぼくが入社した頃は、まだデスクが灰皿を投げてましたよ。ハラスメント研修が始まったのは入社二年目かな？　それからはさすがになくなりましたが」

監督や主演俳優が機嫌を損ねると撮影がストップします、と森田が言った。呂律《ろれつ》が怪しくなっていた。

「ストレスが溜まった助監督が下の連中を殴ったり蹴ったり……ベテラン女優の新人いびりも、見ていて寒気がしましたね。話を戻しますが、圭子さんの死は病死です。ただ、彼女が浴室で倒れた時、監督がすぐに救急車を呼び、手当を受けていれば助かったかもしれません。それは医師から直接聞きました」

「監督はリビングで映画を見ていて、気づかなかったそうですね」

誠の問いに、本人はそう言ってますが、と森田がグラスを指でかき回した。

「本当かどうかはわかりません。監督も圭子さんの体調は知っていました。心臓が悪く、何度か入院していた圭子さんが浴室から出てこなかったら、普通は様子を見に行きますよ」

「確かにそうです」

「クランクインした時点で、圭子さんの仕事は八割方終わっていました。予算やスケジュール管理について注意できるのは彼女だけで、逆に言えば口うるさい女プロデューサーってことです。監督にとっては邪魔だし、不要ですらあったんですよ」

まさか、と凪は口に手を当てた。

「倒れているのに気づいていたのに、放っておいたんですか？」

密室内で起きたことです、と森田がスコッチを呷《あお》った。

「成城の御殿という密室で何があったのか、それは誰にもわかりません。映画に集中して、あっと言う間に二時間が経っていた、そんな経験は誰にでもあるでしょう。あの時はそうだったと言われたら、信じるしかありません。しかし――」

森田さん、と誠が身を乗り出した。

「死んだ蔵元さんは『妖奇』を観た者が映画に殺された、と考えていたようです。『妖奇』には負のエネルギーがあった、そのために四十四人が異常な形で死んだと……これはぼくの個人的な意見ですが、フィルムのそこかしこに心理を誘導する何かが映っていて、それをすべて観た者は死を選ばざるを得なくなった……そう考えると、説明がつくのでは？　ぼくも里中さんも、不完全にしか『妖奇』を観ていません。あなたもそうでしょう？　だから、こうして生きているんです」

あるいは、と誠が先を続けた。

「ストーリーをすべて知ってしまうと、映画に殺される……そうは考えられませんか？」

苦笑した森田に、常識では考えられないことが起きているのは確かです、と凪は言った。

「ここへくるまでの間に、東活宣伝部の横川さんからメールが入っていました。昨日の夜七時頃、蔵元さんから連絡があり、テレビ電話で話したそうです。全体のストーリーがわかりにくくて原稿が書けないので、『妖奇』のラッシュについて聞かれた、とメールにありました。観ていなくても、公開されればネットで情報が拡散され、嫌でも目に入ります。すべてを知ったら、わたしたちも死ぬことに――」

全国公開されたら、と誠が冷めたコーヒーに口をつけた。

「映画館の周りに死体の山ができますよ。死の連鎖は止まりません。あなたに連絡したのは、フィルムがどこにあるか聞くためです」

「どうする気ですか?」

すべて焼きます、と誠がテーブルを拳で叩いた。他に死から逃れる方法はありません、と凪はうなずいた。

「春口さんといつ会ったのか、スケジュールを確認しました。クランクアップの半月前、彼女と食事をしましたが、顔色が悪く、落ち込んでいたのを覚えています。マネージャーに問い合わせたところ、ベッドシーンを撮影した直後だったのがわかりました。思い返すと、ヌードになったのを後悔していたのではなく、彼女は白波瀬監督からセクハラを受けていたんでしょう。睡眠薬を常用するようになったのは『妖奇』の撮影が始まってからです」

「そうでしたか……」

自殺ではなく睡眠薬の過剰摂取による事故死、と凪は言った。

「警察はそう結論付けています。でも、自殺でも事故死でもなく、春口さんは白波瀬に殺された……わたしはそう思っています。圭子さんも同じで、それまでもあの男がセクハラやパワハラで多くの犠牲者を出していたのは確かです。ハラスメントを受けた者たちの怨念が『妖奇』を人殺しの映画に変えた……あの人たちの恨みは消せません。どういう形でもフィルムを処分するしかない、とわたしたちは考えています」

森田が手を伸ばした。グラスを摑めないほど、指が震えていた。

6

多くの編集者がそうだが、如月も夜型だ。東活の横川から送られてきた『妖奇』のラッシュのデータを倍速で見終わったのは夜中の三時だった。

東活の公式ホームページのリンクに飛ぶと、Ｎｅｗと印のついた新着記事があった。

それを開くと、小岩井登代子による『妖奇』の応援コメントがアップされていた。文字をクリックすると、特徴のある小岩井の声が流れ出した。

『日本の宝、最後の巨匠、白波瀬仁監督の二十五年ぶりの新作を拝見しました。感激、驚愕、恐怖、どんな言葉を使っても、言い表せないほど素晴らしい映画です。半世紀に及ぶわたしの映画人生でベストと断言できます。最後のトリック、まさかあの人が……いえ、それ以上は言えません。『妖奇』をわたしは絶賛します。公開が待ちきれません。小岩井登代子』

小岩井は『妖奇』を観ていない、と如月はマウスから指を放した。東活の植木がそう話していた。

だが、〝最後のトリック〟そして〝意外な犯人〟をほのめかしている。サスペンスとホラーのハイブリッド、といくつかの雑誌で白波瀬が説明していたが、具体的な内容までは言及していなかった。

白波瀬本人から聞いたのだろう、と如月はうなずいた。愛人だった小岩井に詳しいストーリーを白波瀬が教えていても、不思議ではない。

どういうつもりでこのコメントを書いたのか、と如月は首を傾げた。小岩井ほど映画を観てきた者なら、前例のあるトリックの焼き直しだとわかったはずだ。

クライマックスの謎解きを見ずに、如月は試写室を出ていた。だが、白波瀬が使っていたのは形骸化したパターンだったから、結末は予測がついた。ラッシュで確認したが、予想通りのバッドエンドだった。

吸いかけの煙草をくわえ、如月は目を閉じた。

『妖奇』にあったのは、美しいだけの風景、書割のような人物たち、そして使い古されたプロットとトリックだけだ。

『日本の宝、最後の巨匠、白波瀬仁監督の二十五年ぶりの新作を――』

不意に、パソコンのスピーカーから小岩井の声がフルボリュームで流れ出した。マウスに触れてもいないのに、なぜ、と目を開けた如月の腕を誰かが摑んだ。

『拝見しました。感激、驚愕、恐怖、どんな言葉を使っても、言い表せないほど素晴らしい映画です』

スピーカーから大音量で小岩井の声が流れている。そうだったのか、と如月は目を見開いた。

小岩井は『妖奇』がつまらない映画だとわかっていた。それなのに大絶賛したのは、白波瀬への強い憎悪があったからだ。

『妖奇』を観た者はネットに批判的なコメントを書き込む。最後の巨匠が虚名だと、誰もが知るだろう。それこそが小岩井の狙いだ。

仕事をちらつかせ、酒の席に誘い、酔った小岩井を白波瀬が犯した、と聞いたことがあった。小岩井の裸体をカメラで写し、それをネタに脅して愛人にした、というまことしやかな噂だ。あれは事実だった、と如月は悟った。脅された小岩井は沈黙するしかなかった。結婚しなかったのは、そのためもあったのだろう。

小岩井の心の底には白波瀬への憎しみが澱《おり》のように溜まり、渦を巻いていたはずだ。このコメントは復讐だ。

目だけを動かすと、デスクの左右に黒衣の女が立っていた。小岩井、そしてもう一人は彼女だ。二人が如月の腕に長い爪を立て、血が流れ出した。

二人の激しい怒りは如月にも向いていた。それは傍観者への怒りだった。

白波瀬映画の底にある低劣さに触れず、嫌いのひと言で片付けた。白波瀬を告発するべきだったのに、面倒事に巻き込まれるのを避けるため、あえて無視した。

傍観者は同罪だ。気づいていたのに何もしなかった如月に、二人が罰を与えている。

『――最後のトリック、まさかあの人が……いえ、それ以上は言えません。『妖奇』をわたしは絶賛します』

部屋中に小岩井の声が響いた。目、鼻、耳から血が溢れ、悲鳴を上げた如月の喉から大量の血が飛び散った。

口に入り込んだ指が、そのまま横に強く引かれた。鋭い痛みと共に唇の端が大きく切れ、一気に耳まで裂けた。

それが終わりではなかった。何本もの指が如月の顔を這い回り、裂けた部分を広げていく。めりめり、と顔の皮膚がめくれる音がした。パソコンの画面に映る如月の顔が、真っ赤な肉塊と化した。

『公開が待ちきれません公開が待ちきれません公開が待ちきれま』

小岩井の声が執拗にリピートしている。瞼《まぶた》のない如月の目は、何も見ていなかった。

Film6
逆回転

1

土曜日、朝九時半。凪がいれたコーヒーに誠が口をつけ、味がしないと小声で言った。

「眠れたか？」

ううん、と凪はテーブルの向かいに腰を下ろした。夜明けまで、誠が何度もため息を繰り返していたが、それは凪も同じだった。

『妖奇』のフィルムを焼却するべきだと二人で説得したが、森田は顔を伏せるだけで、はっきりと答えなかった。深夜三時、酔い潰れた森田をダイニングバーに残し、池尻大橋のマンションに戻ったが、眠れるはずもなかった。

焼かなくてもいいんだ、と誠が額を押さえた。

「フィルムを処分する方法は他にもある。『妖奇』が公開されたら、大変なことになるぞ。五十人どころか、五十万人が死んだっておかしくない」

Xのトレンドワードで『妖奇』は四位、と凪はスマホに触れた。

「試写会の怪死事件に白波瀬監督や主演の春口さんの死を含め、マスコミがニュースにしたでしょ？　ワイドショーはそれ一色と言ってもいい。次々に燃料が投げ込まれ、だからネットは炎上を続けている。『妖奇』はホラー要素の強いサスペンス映画、と監督がインタビューで話してたけど、東活は完全なホラームービーとして宣伝する方向に舵《かじ》を切ったみたい」

凪はつけっ放しのテレビに目を向けた。情報番組のコーナーで、タレントが『妖奇』を紹介していた。バックで流れているのはおどろおどろしい曲だった。

怪談とネットは相性がいいからね、と誠がコーヒーを飲んだ。

「SNSは何を書いても許される無法地帯だ。極端に振り切った方がリポストが増えるし、ブログやnoteのページビューも稼げる。呪いだ、祟りだ、そんなことを言う奴が出てくるのはわかってたけど、拡散のスピードが異様なほど速い。マスコミとインターネットが声を揃えて『妖奇』の告知をしているんだから、そうなるのも当たり前か……そして、公開日は明後日だ。『妖奇』を観た者がどうなるか、わかっていても何もできない」

他人事みたいに言わないで、と凪はテーブルを平手で叩いた。

「わたしたちも死ぬのよ？　ネットか、テレビのニュースか、新聞記事か、何であれ情報が入れば、全体のストーリーを知ることになる。パーツが埋まったら、『妖奇』はわたしたちを殺す。でも、今なら間に合う。フィルムを処分すれば『妖奇』は公開できない」

森田さんの話だと、と誠がため息をついた。

「東活は『妖奇』をインディペンデント映画として、配給するそうだ。それなら、映倫を通さずに公開、上映しても法的な問題はない」

森田さんにはフィルムを処分できない、と凪は前髪を手で払った。

「昭和の映画人の最後の世代の一人だから、子供を殺せと言われたのと同じよ。そんなことできるはずがない。十五億円の製作費、企画から撮影、完成までの労力や時間、亡くなったキャストやスタッフへの追悼、すべてを背負っているプロデューサーに何を言ってもうなずくはずがない」

それはわかるが、と誠が舌打ちした。

「これだけ話題になっている映画だ。初日の観客だけでも十五万人以上、全員が死ぬだろ。その前にSNSで情報をアップしていたら？　直接観ていなくても『妖奇』は人を殺す。呪われた映画なんだ」

そんなことを〝キネマクラッシュ〟のホームページに書いたら、と凪は長い息を吐いた。

「社内チェックで引っ掛かる。『妖奇』の呪いを解けさえすれば――」

どうしろっていうんだ、と誠が顔をしかめた。

「白波瀬のハラスメントで亡くなった人たちを慰霊し、冥福を祈るか？　もちろん、やるべきなんだろう、でも、呪いが解けたと確認する方法は？　ぼくと君が『妖奇』を観て、無事だったらセーフ、死んだらアウトか？　どれだけ時間が経っても消えない罪はある。白波瀬にキャリアを潰された役者やスタッフの恨みは深い……彼ら、彼女らを動かしているのは復讐の念で、見境なく殺人を続けるだろう」

『妖奇』のフィルムは東活本社にある、と凪は自分のカップに指を掛けた。

「森田さんが言ってたでしょ？　技術部が保管し、今日の夜十時にオペレーターがデジタル変換を始め、日付が変わる深夜十二時、全国の映画館にデータを送ると……その前に、東活の役員、社長を説得して、公開を中止するしかない」

連中がぼくたちの訴えに耳を貸すはずがないだろう、と誠が首を振った。

「映画が人を殺すなんて、誰が信じる？　白波瀬圭子さんをはじめ、多くの人が白波瀬のハラスメント被害に遭っていたのも、証明は難しい。東活の経営陣は男性だけ、年齢は五十代半ば過ぎだ。映画の現場じゃハラスメントなんて当たり前、そう思ってる世代だ。しかも今日は土曜で、連絡さえ取れないよ」

「それなら、現場の社員と話せば？」

無駄だ、と誠が吐き捨てた。

「例えば、宣伝部の横川くんはぼくたちの話を聞いてくれるかもしれない。だけど、彼が『妖奇』の呪いを信じたとしても、上司の説得なんかできない……このままだと、大勢の人が死ぬ。残された手は……東活本社に入り、フィルムをその場で焼くか、持ち出して処分するしかない」

東活本社ビルに行ったことがあるけど、と凪は囁いた。

「部外者の出入りは厳重にチェックされる。新聞社だってそうでしょ？　エントランスに警備員が立ってるし、社員証のＩＣタグがないとゲートを通れない。入るなんて無理よ」

文化部の橋本《はしもと》デスクがいる、と誠がスマホを取り上げた。

「『妖奇』の取材をしたいから誰か紹介してほしいと頼む。本社ビルに入れたら、後は何とかなる」

編集長の長尾がいれば、と凪はスマホを握った。だが、死人は蘇《よみがえ》らない。

副編集長、先輩編集者の顔を思い浮かべたが、彼らが凪の話を信じるとは思えなかった。配属されて半年の新人編集者にコネはない。

（違う）

凪は頭を振った。危機感を持つ者なら誰でもいい。

番号を呼び出し、凪はスマホに耳を当てた。もしもし、と男の声で返事があった。

2

これは如月奈々さんの携帯です、と栗川は言った。

「私は警視庁の栗川という者ですが、あなたは？　里中、と表示がありましたが……」

あの、と女の低い声がした。

「海潮社〝キネマクラッシュ〟編集部の里中です。映画字幕翻訳家の小岩井さんの葬儀の時に話を……」

細面の女性編集者の顔が頭を過った。あなたですか、と栗川はうなずいた。

如月さんに電話をしたんですが、と里中が言った。

「どうして栗川さんが？」

事情がありましてね、と栗川はビニール袋に入ったままのスマホを耳に押し当てた。

「驚きました。このタイミングで電話がかかってくるとは……」

「如月さんはいるんですか？」

いると言えばいます、と栗川は眉間を指で強く押さえた。

「今日の未明三時過ぎですが、隣の部屋で大声がしたと一一〇番通報がありましてね。女が怒鳴っている、映画を絶賛すると繰り返し叫んでいる。うるさくて眠れない、何とかしてくれ、そんな電話でした。最近の警察は何でも屋で、隣人トラブルの仲裁も仕事のうちです。当直の交番巡査が通報した男のマンションに行ったんですが――」

「何の話ですか？　わたしは如月さんと話がしたいだけで……」

聞いてください、と栗川は先を続けた。

「通報した男性は隣室の住人が出版社の女性編集長だと知っていました。何度かテレビに出演したことがあって、男性はそれを見ていたんです。夜中に大きな音を立ててドアを開け閉めしたり、如月さんには非常識なところがあったようですね。あまりにも声が大きかったので、腹が立って一一〇番通報したと話していました」

「それで？」

巡査がマンションに着いた時、と栗川はこめかみを指でつついた。

「叫び声はしていなかったようです。ただ、男性は字幕翻訳家の小岩井さんの声に似ていたと話していました。私も知ってますが、小岩井さんの声は特徴的で、一度聞くと耳に残ります。男性もそれを覚えていたんでしょう」

「はい」

「小岩井さんが映画雑誌の編集長の部屋で話すうちに声が大きくなったんじゃないか……巡査の指摘に、男性は納得しました」

「なるほど」

「それで、巡査は交番に戻りました。今朝七時、交替の申し送りでその件を報告すると、小岩井さんが亡くなったのを知っていた先輩の巡査部長が詳しい事情を尋ね、本庁に連絡したんです」

「はい」

蔵元さんの件について如月さんに話を聞くつもりでした、と栗川は空いていた右手で顎を掻いた。

『妖奇』の試写会での連続不審死も私の担当だと、お会いした時に話しましたよね？　如月さんが蔵元さんと親しかったと聞いて、詳しい事情を知っているんじゃないかと思ったんです。その矢先に連絡が来たので、如月さんの携帯に電話を入れたんですが、彼女は出ませんでした」

「出なかった？」

「編集部に連絡すると、徹夜明けの編集者が出て、如月編集長は自宅に帰ったと言ってました。妙な胸騒ぎがして、如月さんのマンションへ行ったんです。無駄を承知で動くのは、刑事の習性ですよ」

「何があったんですか？」

部屋の鍵が開いてましてね、と栗川が首を左右に傾けると、鈍い音が鳴った。

「どうもおかしいと思って、念のために隣の部屋のインターフォンを押すと、通報した男性が出てきました。土曜なので、会社が休みだったんです。事情を話して、彼が立ち会う形で部屋に入りました」

「如月さんは？」

亡くなっていました、と栗川は背後に目を向けた。数人の鑑識員がカメラのシャッターを切っている。リビングのデスクで、中年女性が突っ伏していた。

正確には違う、と栗川は顔をしかめた。体はデスクに向いていたが、顔が見える。首が百八十度回転していた。

「亡くなった？　如月さんが？　なぜです？」

里中の声が震えていた。わかりません、と栗川は首を振った。こっちが知りたい、という声は呑み込んだ。

如月の死体を発見し、栗川はすぐに応援を呼んだ。明らかに変死だし、おそらくは殺人、と直感があった。

如月の顔の損傷は酷かった。目や鼻、口に指を突っ込み、力ずくで左右に引っ張ったのだろうか。皮膚がめくれ、顔は真っ赤な肉塊と化していた。

首が完全に後ろを向いているのも、自然死ではあり得ない。殺害した犯人が強引に捩《ねじ》ったとしか考えられなかった。

駆けつけた所轄と機捜の刑事に現場を任せ、栗川は一階の管理人室で防犯カメラ映像を確認した。マンションのエントランス、そして各フロアにカメラが設置されているのは、わかっていた。

如月の部屋の出入り口は玄関ドア、そして南側のベランダの窓の二カ所だけで、サッシ窓にはダブルロックがかかっていた。

玄関の鍵が開いていたのは、犯人が出入りしたのだと栗川は思った。六階の防犯カメラに犯人が映っているはずだ。

だが、未明の三時二十分、隣室の男性がインターフォンを押し、ドアをノックする姿が映っているだけだった。男性は如月の部屋に入っていない。

誰であれ、ドアに近づけばカメラが捉えたはずだが、人の気配すらなかった。同じ六階に五室あったが、いずれも人の出入りはなく、無人のフロアが映っていた。

死体の状態を考えれば、犯人は相当量の返り血を浴びていたはずだが、玄関ドア付近にその痕跡はなかった。エントランスのカメラにも、不審者は映っていない。

死体発見の経緯から、現場指揮を命じられた。その後の調べで、他殺を示す明らかな証拠がないのがわかった。

では、死因は何か。こんな形で死んだ人間の話は、栗川も聞いたことがなかった。

火曜日、東銀座の東活試写室周辺で起きた四十五人の変死事件の担当は栗川だ。『妖奇』を観た者たちが集団催眠状態に陥って自殺したと科捜研は想定し、その方向で捜査が進んでいた。

しかし、一昨日の映画評論家蔵元の怪死、そして如月の変死は集団催眠で説明できない。いったい何があったのか。

自分の手で顔を引き裂き、自殺する者などいるはずもない。どう解釈すればいいのか、見当もつかなかった。

試写会変死事件を映画の呪い、あるいは祟りだとSNSが騒いでいるのは知っていたが、刑事がオカルト話を信じたら終わりだ。映画が人を殺すはずもない。ただ、目の前にある如月の死体は現実だ。

犯人が壁を伝い、ベランダから室内に侵入した可能性を考慮し、念入りに調べさせると、近くのマンションに設置された防犯カメラが周辺を撮影していた、と報告があった。誰も映っていない、と連絡が入ったのは三十分ほど前だ。

如月の死因は大量出血によるショック死で、医師が確認したが、傷があるのは顔だけだった。手や指に抵抗痕はない。

顔は原形を留めていなかった。自分ではできないはずだが、覚醒剤中毒だったのでは、と鑑識員から意見が上がった。重度の覚醒剤中毒患者は痛みを感じない。

如月が覚醒剤を乱用して正気を失い、自傷したとすれば整合性は取れるが、あり得ない、と栗川は苦笑した。痛みを感じなくても、こんなことはできない。

「もしもし？　あの……」

失礼、と栗川は空咳をした。

「里中さん、私からも質問があります。あなたは海潮社の編集者で、如月さんは文流出版にお勤めですね？　如月さんと親しかったんですか？　だから電話をかけた？」

いいえ、と返事があった。

「もちろん、面識はありますし、連絡先も知っていますけど、個人的な用件で電話をかけるのは初めてです」

「用件とは？」

「東活の社員に知り合いがいたら紹介してほしいと思って……」

詳しい事情を聞かせてください、と栗川は言った。しばらく沈黙が続き、はい、と小さな声が聞こえた。

3

頭が割れそうだ、と森田は毛布をかぶったまま、こめかみを両手で押さえた。凄まじい痛みが脳内を巡っていた。

寝ていたのはリビングのソファだ。顔だけを毛布から出し、壁の時計に目をやった。昼十二時を少し廻ったところだ。

おい、と声をかけたが、返事はなかった。妻の鏡子《きょうこ》と高校二年生の娘の奈央《なお》は外出しているようだ。

参った、と森田は天井を見上げた。何時に帰ったのか、記憶がなかった。

酒はそれなりに強い方だと自負していたが、ここまで酷い酔い方をしたのは何年ぶりだろう。考えただけで頭が痛んだ。

新聞記者の矢部と編集者の里中に呼び出され、銀座のダイニングバーへ行った。白波瀬監督の死を含め、妻の圭子、女優の春口、小岩井と蔵元、そして試写室にいた四十五人の死に関連性がある、と二人は話していた。

否定できない、と森田はつぶやいた。超自然的な力によるものだと二人が口を揃えたが、ぼんやりと森田もそれを予感していた。

常識ではあり得ないことが起きている。それは確かだ。そして、その渦に自分も巻き込まれかけている。

フィルムを焼くべきだと二人が訴えたが、そんなことできるはずがない、と森田は顔を両手で覆った。

東活に入社して三十数年が経つ。宣伝部をはじめ、いくつか部署を移り、社員プロデューサーとして数十本の映画にかかわった。映画の魔力に魅せられた自分に、フィルムを焼くことはできない。

すべての死をもたらしているのは『妖奇』だ。あの映画には多くの人の恨みが籠もっている。

白波瀬の度を超えたハラスメント行為について、噂はさんざん聞いていたが、実態は知らなかった。白波瀬映画にプロデューサーとして名前を連ねたことはあるが、名目に過ぎない。

彼の黄金時代は昭和四十年代で、その頃森田は東活に入社していない。当時の映画監督、銀幕スターの横暴さがどれほど酷かったか、実感としてわかっていなかった。

映画業界や芸能界では話を盛る者が多い。話半分どころか、一を百にして語る者ばかりだ。神話時代の伝説を聞いているのと同じ感覚だった。

ただ、ハラスメントが悪質だったのは本当だろう。白波瀬組のスタッフ、キャストを除き、東活の社員、俳優、スタッフ、誰からも嫌われていた。

海外での評価が高いのは、ハリウッドの映画人が白波瀬を知らないからだ。怨嗟《せんさ》の的だとわかっていたら、『妖奇』製作に協力する者はいなかっただろう。

二十五年の空白を経て、白波瀬は帰ってきた。だが、ハラスメント気質は変わっていなかった。老いにより、ますます酷くなっていたのかもしれない。

最初の犠牲者は妻の圭子だった。暴言やＤＶ、プレッシャー、仕事への重圧が彼女の心臓を蝕み、浴室で倒れた。そして、夫はそれに気づかなかった。

死ぬまで残る傷がある、と森田は知っていた。夢や希望を抱き、映画の世界に入ってきたが、陰湿ないじめや絶対的な権力を握る監督の罵声に耐え兼ね、去っていった者がいる。人生に絶望し、命を絶った者もいただろう。

『妖奇』を監督した白波瀬を光とすれば、影には大勢のハラスメント被害者がいた。夫を恨んで死んだ圭子と彼ら彼女らは一体化し、『妖奇』に恨みを込めた。

怒りや憎悪は想像もつかないほど巨大だった。加害者である白波瀬と白波瀬組のスタッフ、俳優たちだけではなく、黙認していた者にも牙を剝いた。『妖奇』を観た者をすべて殺す、と決めたのではないか。

それでもフィルムは処分できない、と森田は呻いた。それは映画への冒瀆《ぼうとく》であり、自殺と変わらない。

「『妖奇』が公開されれば大勢の人が死にます」

矢部と里中はそう話していた。だが、常識で言えば、映画の呪いなどあり得ない、と森田は頭を振った。

同じ問いが頭の中で堂々巡りを続け、頭痛が酷くなり、薬を飲むために森田はソファから立ち上がった。

電話台の下にある小物容《い》れのバスケットから頭痛薬を取り出したが、箱を戻そうとした手が止まった。バスケットの中に、映画の前売り券が二枚あった。

今ではネットによるチケット販売がほとんどだが、妻の鏡子には前売り券を購入する習慣があった。電子チケットではなく紙の前売り券なのは、形として残るからだ。

新宿バトル7、と森田はつぶやいた。チケットの日付は明後日月曜、夕方四時半の回だった。娘の奈央と観に行く、と話していたのを思い出した。

映画のプロデューサーは不規則な仕事で、自分でも時間を読めない。休日でもトラブルが起きれば駆けつけなければならない。

鏡子にも奈央にも迷惑をかけてきた。それでも、二人は森田がプロデューサーを務める映画を観ていた。

月曜の夕方、二人は新宿の映画館で『妖奇』を観る。映画館を出た二人を待っているのは死だ。

映画より妻と娘が大事だとわかっていたのに、エゴを通そうとした自分に腹が立った。守るべきものはひとつしかない。

スラックスの尻ポケットからスマホを取り出すと、着信が数え切れないほど入っていた。東洋新聞社矢部、そして海潮社の里中だ。

三十分前にかかってきていた番号に触れると、ワンコールで相手が出た。もしもし、と焦ったような里中の声に、遅くなってすいません、と森田は頭を下げた。

難しいですね、と顔をしかめた栗川に、警察が動くのがベストなんです、と凪は言った。

4

夕方五時、凪は有楽町駅近くの喫茶店にいた。お願いします、と右側の席で森田が頭を下げ、隣で誠が大きくうなずいた。

状況は栗川さんもわかっているはずです、と凪はストローで乱暴にアイスティーをかきまぜた。

「あの映画には怨念が籠もっています。白波瀬監督のハラスメントを受けた者たちの恨みです。それが次々に人を殺している……止めるにはフィルムを処分するしかありません。警察が押収すれば公開できなくなると――」

言いたいことはわかります、と栗川が声を潜めた。

「ここだけの話、『妖奇』に怨念というか、何かがあるのは確かでしょう。私は幽霊なんか信じませんが、そうとでも考えないと説明がつかないことが多すぎますからね」

「それなら――」

長年刑事をやっていると、と栗川が言った。

「たまに訳のわからない事件にぶち当たることがあります。裏にある何かに無理やり蓋をして捜査を終わらせる、そんなこともないとは言いません。今回の件もそうです。勘ですが、あの映画は危険だと思い、上司にも伝えましたが、警察が映画の公開を強引に中止すれば事実上の検閲で、そんなことはできないと言われまして……あなた方の話だと、白波瀬監督のハラスメントは酷かったようですが、昔の映画界ではよくある話だったのでは？」

あの人は普通じゃなかったようです、と森田がため息をついた。

「セクハラどころかあらゆるハラスメントの常習犯だった、そんな噂を聞いたことがあります。この業界では話を盛るので、悪い冗談だと思っていましたが、どうやら本当だったようです……昭和の頃は、被害者も泣き寝入りするしかありませんでした。映画会社、芸能界には不祥事を隠蔽する体質があり、それは今も変わってません。沈黙していたマスコミも同罪ですがね」

蔵元さんと如月さんの死は傍観者への報いです、と凪は顔を伏せた。

「矢部さんと過去の記録を調べましたが、白波瀬監督の映画にかかわった俳優、スタッフの大半が業界から消えています。ハラスメントで精神的な傷を負った者、職を奪われた者は数え切れません。女衒のように新人女優を白波瀬監督に紹介したり、いじめに加わったり、そんな人もいたようです」

「なるほど」

「その事実を知りながら、パルムドール監督の名誉を守るため、東活もマスコミも忖度に終始した……それはおかしい、と言える者はいなかったし、いても排除されたでしょう。でも、時代が変わりました。今なら批判できたのに……」

蔵元さんがそうだったように、無条件で白波瀬監督を礼讃する評論家は少なくありません、と誠が腕を組んだ。

「あるいは、権威への反発という文脈で白波瀬映画を批判するけれど、彼のハラスメント行為には触れない……如月さんのスタンスはそれでした。傍観者の罪は実行犯と同罪で、彼女が殺されたのはそのためでしょう」

人のことは言えません、と凪は首を振った。

「わたしも同じです。職場でセクハラを受けても、黙っていました。学生の頃いじめに加わったり、加害者を止めなかったこともあります。今になっては遅いかもしれませんが、謝りたいと――」

あなたの責任じゃありませんよ、と森田が慰めるように言った。

「白波瀬組の俳優、スタッフの罪も重かったと思います。映画監督には強大な権力があり、媚《こ》びへつらうことで自分を守った者もいたでしょう。いじめる側に廻らないと次は自分がやられる、そんな怯えもあったかもしれませんが、それは言い訳になりません」

栗川がうなずいた。被害者たちの怒りが怒りを呼び、と森田が話を続けた。

「白波瀬への復讐という目的を忘れて暴走し、凶器として『妖奇』を使い、観た者を殺す……

止めるにはフィルムを処分するしかありません。警察が入ればスムーズに事が運びます」

さっきも言いましたが、と栗川がコーヒーカップを指で弾いた。

「私はあなた方の話を理解しているつもりです。しかし……」

「栗川さんが上を説得すれば――」

難しいですね、と栗川が肩をすくめた。

「映画にハラスメントされた者たちの恨みが籠っている。それが試写室にいた四十五人を殺し、次は十万人以上の観客が殺される……納得する上司はいませんよ。警察に映画の上映を止める権利はないんです」

凪は誠、そして森田と目を見交わした。二人とも無言だった。

『妖奇』を観たら殺される、と栗川が顎に手を掛けた。

「その証明はできません。何とかしたいと思いますが……」

しかし、と言いかけた森田に、あなたがフィルムを持ち出せばいい、と栗川が囁いた。

「その後、三人で燃やせばどうです？　終わるまで目をつぶれと言うなら、もちろん協力しますよ」

警察は当てにならないと言ったでしょう、と森田が苦笑を浮かべた。いえ、と凪は首を振った。

「栗川さん、あなたにすべてを話したのには理由があります。『妖奇』の秘密に気づいているのはわたしたち三人だけで、誰にどう話しても信じてもらえないのはわかっています。わたしたちはフィルムを持ち出し、処分すると決めています。でも、白波瀬圭子さん、春口さん……他にもハラスメント被害に遭った人たちは大勢いるでしょう。復讐の念に凝り固まった人たちが、フィルムの処分を妨害するはずです」

「幽霊が邪魔をする？　そんなわけ――」

冗談で言ってるんじゃありません、と誠がテーブルを叩いた。

「ぼくたちは真剣です。警察が入って強制的に上映をストップするのが一番確実で、フィルムを回収し、処分するべきだと――」

「それはできないと言ったでしょう？」

フィルムが残れば、と誠が言った。

「『妖奇』は公開されるでしょう。ぼくたちは東活本社に行き、フィルムを燃やすつもりですが、失敗したら後を託せるのはあなたしかいない……それがぼくたちの結論です」

「どういう意味です？」

「わたしたちが死んだら……」

凪の囁きに、聞かなかったことにしましょう、と栗川が腰を浮かせた。

このままだと、と森田が口を開いた。

「明後日、月曜の午前中に全国二百五十館の映画館で『妖奇』が公開されます。自殺者が続出するでしょう。ですが『妖奇』と自殺の関係が不明なうちは、東活も映画館主も公開を中止しませんん。確実に万単位の死者が出ますよ。それでも構わないと?」

推測ですが、ハラスメントの被害者たちはフィルムに死の要素をいくつか焼き付けたのだと思います、と凪は息を吐いた。

「すべてを観ていなくても、それが人を殺します。登場人物の台詞、音楽、映り込んだ風景、衣装、髪形、日付、要素が何なのか、何カ所を観れば死ぬのか、それはわかりません」

栗川が顔を横に向けた。他人事だと思ってるなら間違いです、と凪は言った。

「相手は異常に強力な悪意の塊で、無差別に人を襲い、死を免れる者はいません。スマホを通じ、ネットの情報は勝手に目や耳に入ってきます。情報が繋がれば、『妖奇』はあなたも殺すでしょう」

検討しますとだけ言って、栗川が喫茶店を後にした。思っていた通りでしたね、と誠が額を手で押さえた。

「映画が人を殺す……そんな話、警察は信じません。栗川さんが強く訴えたところで――」

止めましょう、と森田が誠の肩に手を置いた。

「一時間ほど前、会社のマーケティング部から連絡がありました。月曜の初日で動員十五万人、二日で三十万人が見込まれるということです。三十万人が不審死すれば、警察も重い腰を上げますよ。二日目の夜には上映中止になると思います」

でも、と凪は目を左右に向けた。

「三十万人が死にます。そして、ネットでは『妖奇』に関する考察が始まるでしょう。蔵元さんや如月さんと同じで、調べる手掛かりはあるんです。上映が中止されれば、なぜそんなことになったのかとますます騒ぎが大きくなります。『妖奇』の秘密を知った者は死に、その連鎖が続きます。海を越えるかもしれません。どこで終わるのか……」

まだ間に合います、と森田が言った。

「栗川さんが来る前に言いましたが、私がフィルムを持ち出します。今日は土曜で、いつもより出社している社員が少ないですし、これでもプロデューサーですから、そこは何とかなるでしょう。本社ビルの一階に二十四時間営業のカフェがあるので、待っていてください」

「フィルムはどうします?」

誠の問いに、ビル内では焼けません、と森田が顔をしかめた。

「三五ミリで撮影したフィルムはワンロール二十分、長さは約二千フィート(六百十メートル)、直径三十センチ、重量三キロです。上映時間は約百二十分、つまり六ロールあります。十八キロのフィルムを焼いたら、煙がフロアに漏れて、社員が駆け付けます。火災感知器も作動するし、消防車も来るでしょう。スプリンクラーが炎を消せば、フィルムは残ります」

「そうですね」

「外に持ち出して焼き払うしかありません」

うなずいた凪に、技術ルームは六階です、と森田がテーブルに略図を描いた。

「理由をつけて、まず同じ六階フロアのプロデューサー室にフィルムを運びます。かさがあるので、一度にエントランスから出すと警備員に怪しまれるでしょう。ＬＩＮＥするので、六階に上がってください。フィルムを三つに分けて持ち出すんです」

今、夕方の五時半です、と森田が腕時計を見た。

「二時間もすれば、出社しているほとんどの社員が帰ります。フィルムのデジタル変換が始まるのは十時……夜八時まで待った方がいいでしょうね」

電話が、と凪は森田のスマホを指した。着信を示すライトが光っていた。

ずっと鳴ってました、と森田がスマホを手にした。

「明後日公開ですから、プロデューサー判断を仰ぐ者が山ほどいるんです。そのプロデューサーがフィルムを持ち出して燃やす……皮肉な話ですよ」

と森田が電話に出た。行こう、と誠が凪の背中に手を当て、立ち上がった。

5

矢部と里中を一階のカフェに残し、森田はエレベーターで六階に上がった。土曜の夜八時、フロアは閑散としていた。

技術ルームに入ると、顔なじみのオペレーターがデジタル変換器の前で座っていた。門村《かどむら》、と森田は声をかけた。

「一人か？」

そうです、と門村が答えた。

「人手のいる作業じゃありませんからね。どうしたんです？　データ送信の確認なら、こんなに早く来なくても――」

ちょっと問題があってね、と森田は眉間に皺を寄せた。

「『妖奇』なんだが、役者の一人が大麻で逮捕されるかもしれない。警察にいる知人から連絡があった」

「誰です？」

それは言えない、と森田は首を振った。

「まだ逮捕状が出ていないんだ。書類送検で済む可能性もある。名前を言えば、どこかで漏れた時、君に話したと言わざるを得ない。トラブルは嫌だろ？」

「上映できるんですか？　中止になったら、大騒ぎになりますよ」

だからフィルムを確認する、と森田は壁の棚に目を向けた。

「役としては小さいし、台詞もほとんどなかったと聞いてる。だが、最悪の事態に備えるのが私の仕事だ。問題がなければそれでいい……フィルムはどこだ？」

棚の右下です、と門村が指さした。六つの缶が重なっていた。

「釈迦に説法ですが、取り扱い要注意でお願いしますよ。指紋がついたら洒落になりません。コピーも取ってませんし……」

慎重にやる、と森田は用意していた手袋をはめ、一缶ずつフィルムロールを大きなカバンに詰めた。六本で十八キロ、肩にかつぐとずっしりと重かった。

「別の部屋で観る。出演した場面はわかってるんだ。時間はかからない」

十時からデジタル変換を始めます、と門村が言った。

「深夜零時、全国の映画館に一斉配信です。植木常務をはじめ、お偉方も来ると聞いてます。遅れないでくださいよ」

三十分で戻すと言った森田に、了解です、と門村が笑った。カバンを肩から提げ、森田は技術ルームを出た。プロデューサー室はフロアの反対側だ。

廊下を進むと、背中を汗が伝った。プロデューサー室に入り、後ろ手でロックすると安堵の息が漏れた。

主に会議用だが、フィルムチェックでも使用する部屋だ。パソコンをはじめ、備品も揃っている。

森田はカバンからフィルムロールを取り出した。技術ルームで缶に触れた時から、嫌な予感がしていた。

触っただけで、殺意が伝わってくるようだ。観た者は誰であれ殺す、と決めているのだろう。凄まじい憎悪がプロデューサー室に漂った。

(まずい)

『妖奇』が公開されれば、万単位どころか、数百、数千万人が命を落とす、と直感でわかった。

森田は辺りを見回し、スマホを取り出した。電話に出たのは矢部だった。

「フィルムは?　ぼくたちも上がった方が――」

危険です、と森田は囁いた。

「私がここでシュレッダーにかけます。このフィルムは私たちの意図に気づいています」

完全な形で『妖奇』を観た者は死ぬ。それなら、フィルムを不完全な形にすればいい。

気をつけてください、と里中の声がした。

「ここで待っています。必ず連絡をください」

三十分以内に降ります、と森田は通話を切った。蛍光灯の明かりを反射して、フィルムが鈍く光っていた。

フィルムは映画の魂だ。シュレッダーにかけていいのか。

だが、ためらいはなかった。止《とど》めを刺さなければ、また人が死ぬ。次は五十人では済まない。

シュレッダーの電源をオンにして、森田は一番ロールのフィルムを引き出した。無理に突っ込めば刃が詰まる。六本のロールの頭の数分間ずつを切り刻めばいい。

蛍光灯にフィルムを透かした。白波瀬映画のタイトルロールは黒地に白抜きと決まっている。『妖奇』の二文字を確認し、続きに目をやった。空撮による東京の全景が映っていた。

森田はその先端をシュレッダーに差し込んだ。悲鳴のような音を上げ、フィルムが小さな破片になった。

映画は無数のカットで構成されている。繋がりを断てば、映画ではなくなる。

約百二十分のフィルムすべてをシュレッダーにかけていたら、終わるまで一時間、それ以上が必要だが、部分的に切るだけだ。

白波瀬のハラスメントには怒りがあるが、映画そのものに罪はない。切り刻まれるフィルムに心が痛んだ。

シュレッダーの電源ボタンの光がフィルムを照らした。クランクインした日に現場で立ち会ったが、その時に見た光景が頭を過った。

一番ロールの数分のフィルムをシュレッダーにかけ、二番のロールを取り上げた。分散しないと、映画が繋がってしまう。

ワイシャツの胸ポケットから、凄まじい音が鳴った。スマホを引っ張り出すと、矢部、と表示があった。

十分経ちました、と矢部の声がした。

「何か手伝えることはありませんか？」

待ってください、と森田は額の汗を拭った。

「二本目のロールをシュレッダーにかけました。あと四本です」

森田はスマホをデスクに置いた。フィルムが引っ掛かり、シュレッダーが動かなくなっていた。

中ほどで止まったフィルムを引き抜くと、耳障りな音がした。指にフィルムが絡まり、外そうと手を振った時、後ろから何かが近づく気配がした
「矢部さ――」

女の手が森田の手首を摑み、そのままシュレッダーに突っ込んだ。投入口のカバーが割れ、指先に鋭い痛みが走り、血が迸った。

「森田さん？　どうしたんです？　何が――」

矢部の声が聞こえなくなった。シュレッダーの投入口が大きく開き、森田の右手を呑み込んだ。

助けてくれ、と悲鳴を上げた森田の口を女の手が塞いだ。黒い服を着た女のシルエットに見覚えがあった。

「止めろ、止めてください、圭子さん――」

左右に女が立っていた。四本の腕が伸び、森田の顔をシュレッダーに押し付けた。

刃が迫ってくる。絶叫した森田の口の端に、白い泡が浮いた。

左のこめかみに刃が食い込み、溢れた血で視界が真っ赤に染まった。誰か、と森田は喚いた。

「助けてくれ！　誰か、止めて――」

回転を続ける刃が森田の左目に食い込み、動きを止めた。

女の腕が森田の首にかかり、後ろに引いた。霞《かす》む右目で、森田はシュレッダーを見つめた。

悲鳴のような作動音に続き、逆回転したシュレッダーからフィルムが吐き出された。傷ひとつついていない。

馬鹿な、と森田は自分の左手を見つめた。間違いなく、フィルムをシュレッダーにかけた。

だが、これは――

「森田さん、聞こえますか？　返事をしてください！」

里中の声が頭の上を素通りした。森田は左手で自分の顔に触れた。額の左側には何もなかった。

フィルムが異常な速さで動き、ロールに巻き戻っていく。三番、二番、一番の順でデスクに並んだ。

圭子さん、と森田は叫んだ。喉から血が溢れた。

「私は……あなたに何も……」

体が浮かび上がり、床と水平になった。凄まじい勢いで窓に叩きつけられ、割れたガラスの破片が顔に刺さったが、痛みは感じなかった。

「圭子さん……許して……」

森田は頭を垂れたが、そのまま外にほうり出された。六階から一階へ落ちるまで、数秒もかからなかった。

Film7
エンドロール

1

「森田さん？　聞こえますか？　返事をしてください！」

スマホを摑んだ誠が立ち上がった。何かが起きたとわかり、凪は体を強ばらせた。

スマホから森田の悲鳴が漏れている。まずい、と叫んだ誠の後ろにある窓の外で何かが光った。上から降ってくるガラスの破片が、街灯に反射していた。

あれは、と凪は指さした。誠が振り返った時、凄まじい速さで落ちていく物体に続き、大きな破裂音が響いた。

凪がカフェを飛び出すのと、警備室から警備員が出てきたのは同時だった。何があったんです、と警備員が叫んだが、わかりません、と首を振るしかなかった。

警備員がスマホを耳に当てたまま、東活本社ビルの外に出た。土曜の夜九時、まだ人通りは多い。十人ほどが足を止め、スマホを向けていた。

警備員が両手を交差して、撮影は止めてくださいと怒鳴った。凪の肩に誠が触れた。

「あれは……」

地面に男がうつ伏せで倒れていた。あり得ない角度で、手足が曲がっている。

森田さんよ、と凪は囁いた。

「何があったの？」

わからない、と誠が首を振った。

「近づくな、まだ上からガラスの破片が落ちて来る……あそこだ」

誠が上を指さした。割れたガラス窓に、ちぎれたブラインドが絡まっていた。六階だ。

オフィスビルの窓は簡単に割れない、と誠が凪の耳元で囁いた。

「蹴っても、ぶつかっても、撥ね返されるだけだ。椅子か何かで割ったのか？」

違う、と凪は窓を見つめた。

「森田さんにそんなことをする理由はない。誰かが勢いをつけて森田さんをガラス窓に叩きつけた……そうとしか思えない」

誰かじゃない、と誠が舌打ちした。

「何か、だ。人間じゃないんだろう……フィルムは落ちていないか？」

凪はスマホのライトをつけ、地面を照らした。警備員が一一〇番通報したのか、パトカーのサイレンが遠くで聞こえた。

東活本社ビルからスーツを着た男が数人出てきた。何があった、と口々に叫んでいる。

見当たらない、と凪は小声で言った。パトカーと救急車がビルの前で急停止し、制服警察官と救急隊員が降りてきた。

「一一〇番がありましたが、通報者はいますか？」

警察官が叫ぶと、私です、と警備員が前に出た。誠が凪の背中を押し、そのままビル内に戻った。エアポケットのように、そこには誰もいなかった。

誠がエントランスに目を向けた。駅の自動改札機と同じで、カード読み取り口に社員がＩＣタグをかざすと、ゲートが開く仕組みだ。

森田さんはフィルムをシュレッダーにかけた、と誠が言った。

「二本目のロール、と話していた。フィルムは六ロール、まだ四本残っている。すべて処分しないとまずい」

警備員は外だ、と誠が左右に目を走らせた。

「今ならＩＣタグがなくても、ゲートを越えられる。止める者はいない……六階のプロデューサー室、と森田さんは言ってた。フロアは広いが、プレートがかかってるだろう。そこで残っているフィルムを燃やす。『妖奇』を灰にすれば、すべてが終わる」

待って、と凪は誠の腕を摑んだ。

「あの映画には多くの人たちの怨念が籠もっている。白波瀬圭子さんや春口燿子さんだけじゃない。過去に白波瀬映画にかかわったスタッフ、キャスト、映画会社の社員……千人を超えるかもしれない。パワハラというレベルでは済まない酷いいじめ、セクハラどころか性暴力、そんなことも頻繁にあったはず。関係者のほとんどがそれを知っていたけど、映画は芸術だから、文化だから、特殊な世界だから、パルムドール監督だからと言い訳して、見て見ぬふりを何十年も続けた」

「そうだ」

失敗作が続き、白波瀬は映画を撮れなくなった、と凪は声を低くした。

「多くのスタッフやキャストは彼に愛想を尽かし、残ったのはハラスメントに加担していた者たちだけ……観客は敏感で、何かがおかしいと気づき、白波瀬映画から離れていった。あれは罰だったのよ」

映画の世界に戻ってこなければよかったんだ、と誠が舌打ちした。

「だが、彼は再起のチャンスをずっと狙っていた。二十五年が経ち、白波瀬も八十歳を越えた。ハラスメント気質も変わっているはずだ、と圭子さんは奔走した。だが、あの男が必要としていたのは資金調達とタフな交渉ができるプロデューサーで、余計な口出しをする女は邪魔だった。だから、風呂場で倒れた妻を放っておいた。その時点で、白波瀬にとって圭子さんは用済みだったんだ。結局、あの男は何も変わっていなかった」

圭子さんが大勢の恨みをせき止めていたのかもしれない、と凪は両手を広げた。

「彼女は優秀なプロデューサーで、誰もが信頼していた。わたしに免じて許してほしいと頭を下げ、仕方ないと諦めた者もいたはず……でも、圭子さんは白波瀬に殺された。直接手を下していなくても、あれは殺人だった。それが水門を開き、溢れそうなほど溜まっていた怒りと恨みの念が一気に流れ出た……限界を超えた復讐の念は暴走し、見境なくすべてを殺す。試写室にいた人たちがあり得ない死に方をしたのはそのためだったのね」

ぼくたちは『妖奇』を観ていない、と誠がため息をついた。

「余計な情報も入っていない。今なら『妖奇』を葬れる。フィルムを燃やすのは一人でできる」

「でも……」

警察が来る、と誠が外を指さした。

「森田さんの死体を調べているけど、すぐにでも六階へ向かうだろう。飛び降り自殺なら、現場保存の必要があるんだ。一分でも二分でも足止めして、時間を稼いでくれ」

「一人じゃ危ない。蔵元さんも如月さんも『妖奇』の秘密に気づいたから殺された。あの映画を観ると、死のスイッチが作動する……試写室にいた人たちは、何かに操られているようだった。三人ともそれはわかっていたはずだけど、一人でいたから何もできなかった。二人でいればお互いを止めることができる。そうでしょう？」

それなら先にぼくが六階へ行く、と誠が凪を手で制した。

「プロデューサー室からフィルムを取って、他の部屋に移動したら連絡する。それまで、君はここで警察や救急隊員を引き留めてくれ。いいね？」

エントランスのドアが開き、警備員が戻ってきた。後を頼むと言い残し、誠がゲートを飛び越えた。

2

エレベーターに乗り、誠は左耳にブルートゥースイヤホンを差し込んだ。手元のスマホに触れると、凪が出た。

君もイヤホンを耳にはめろ、と誠は指示した。

「通話は切るな。お互いの声が聞こえるようにするんだ」

「わかった。まだ警察は来ていない」

階数表示の数字が次々に変わっていく。六階で停まったエレベーターのドアを抜け、誠は通路を見渡した。正面に〝技術部〟とプレートのかかった部屋があった。

プロデューサー室、と誠はつぶやいた。エレベーターホールのフロア案内図を見ると、技術部の奥に〝P，ｒｏｏｍ〟と三つの部屋が並んでいた。

森田は東活ビルの正面に落ちてきた、と誠は振り返った。死体の位置を考えれば、中央のプロデューサー室にいたのだろう。そこに『妖奇』のフィルムがある。

「すいません、失礼ですが……」

技術部のドアから、男が顔を覗かせた。首の社員証に〝門村〟と名前があった。

東洋新聞社の矢部と言います、と誠は名刺を渡した。

「プロデューサーの森田さんとアポを取っています。六階に来てくれと言われたので、上がってきたんですが……」

咄嗟に出た言い訳だったが、取材ですか、と門村が微笑んだ。

「土曜なのに大変ですね。外が騒がしいですけど、何かあったんですか？」

さあ、と無理やり誠は笑みを浮かべた。

「ぼくは下のカフェでメールをチェックしていたので、それどころじゃなくて――」

ドアを大きく開いた門村が窓を指した。赤いライトが断続的に光っている。パトカーの赤色灯だ。

「交通事故でもあったのかな？　近いみたいだな……ちょうどよかった、ぼくも森田さんに用事があったんです。フィルムを貸したんですが、戻ってこないんですよ。別の部屋でチェックするとか何とか言ってましたけど、どこにいるのかな？」

向こうでしょう、と誠はフロアの反対側に目をやった。

「第一試写室、と案内図にありました。フィルムのチェックならそこでするんじゃないですか？」

背中を冷や汗が伝ったが、構わず誠は話を続けた。

「連絡するから、エレベーターホールの辺りにいてくれ、と言われました。会ったら、フィルムのことを伝えますよ」

どうしようかな、と腕時計で門村が時間を確かめた。

「三十分で戻すと森田さんは言ってたんですけどね。まだ九時過ぎか……もうちょっと待ってみますよ」

『妖奇』の取材でしょ、と門村が欠伸を手で隠した。

「話題の映画ですからね。おかげで、こっちも休日出勤ですよ。まあ、映画が当たってくれないと、ボーナスが出ませんからね……十時からフィルムのデジタル変換を始めるんで、門村が怒ってたって伝えてください。森田さんは技術部の苦労を知らないからなあ。作品第一とか言って、プロデューサーは時間にルーズなんで困りますよ」

警察が来た、と耳に差していたイヤホンから凪の声がした。

「今、警備員と話してる……足止めなんて無理よ」

電話が、と門村に断り、誠は廊下を数歩進んだ。

「ああ、森田さん……そうですか、行き違いになったみたいですね。了解です。はい、六階にいます……大丈夫です、ここで待ちます」

さりげなく振り返ると、門村が技術部に戻り、ドアを閉めた。来てくれ、と誠は早口で言った。

「六階でエレベーターを降りると目の前が技術部、プロデューサー室は右側の廊下だ。森田さんがいたのは真ん中だろう。手前か奥、空いている部屋に移る」

すぐ行く、と凪が返事をした。誠は廊下を歩き、中央のドアを開けた。割れた窓から吹き込む強い風が顔を覆った。

3

スマホを握りしめ、凪はエレベーターの階数表示板を見つめた。五階で降り、トートバッグをドアに挟んだ。

もう一台のエレベーターのドアに羽織っていたカーディガンを丸めて突っ込むと、二台のエレベーターのどちらもドアが閉まらなくなった。

（少しは時間稼ぎになる）

スマホを握ったまま廊下を走り、非常階段の扉を開いた。鉄製の階段にパンプスの足音が響いた。

六階の非常階段の扉を押し開け、フロアに出た。エレベーターホールの右側、とつぶやいて進むと、プロデューサー室のプレートが三つ並んでいた。

わたしよ、と小声で呼びかけると、手前のドアが開いた。中に入ると、誠がドアをロックした。

フロアはかなり広く、二十人以上が集まって会議できるように、十本のスチールの長机が長方形を作っていた。

他に独立したデスクとパソコン、固定電話、映写機などが揃っている。コピー機、文房具類もあった。

「フィルムは？」

凪の問いに、隣の部屋から持ってきた、と誠が長机を指した。そこに六つの缶が重なっていた。

「六缶？　森田さんは二缶のフィルムをシュレッダーにかけたと言ってなかった？」

確認した、と誠がため息をついた。

「フィルムは六ロールある。シュレッダーも調べたけど、フィルムは落ちていなかった。シュレッダーに突っ込んだだけで、細断はしていなかったのか、それとも――」

凪は上の缶を開けた。ロールの中心に、一番、と付箋が貼ってある。表面には傷ひとつなかった。どういうことか、訳がわからなかった。

ワンロールは六百十メートルだ、と誠がロールを缶から出した。

「重さは三キロ、相当な量だぞ。ゴミ箱はないか？　フィルムのロールを外して、そこで燃やそう。煙がプロデューサー室の外に漏れたら、誰かが気づく。止められたら終わりだ」

凪は周りを見渡した。プラスチック製のダストボックスがあったが、小さくて六本のロールは入らない。

そんなに都合よくはいかないか、と誠が床を蹴った。

「……長机を使おう。真ん中で折って、四方から囲うんだ」

凪は手前の長机を倒し、足を折って畳んだ。デスクにあったガムテープで四台の長机を巻くと、六十センチ四方のカマドになった。深さは五十センチだ。

誠が一番ロールをカマドの中に置き、フィルムだけを引き出した。全長六百十メートルなので時間がかかる。カマドの中で、フィルムが蛇のように動いていた。

凪は二番ロールと三番ロールを缶から取り出し、誠の向かいでフィルムを引っ張った。ドアをノックする大きな音が鳴った。

「森田さん？　いますか？」

技術部のスタッフだ、と誠が手を止めた。

「門村とか言ったな……六階に上がった時に話した。警察からの連絡を受けて、森田さんを探してるんだ」

「森田さんは死んでるのよ？　どうして探すの？」

死体を見ただろう、と誠が外に向けて顎をしゃくった。

「手も足も折れていたし、顔はうつ伏せで見えなかった。ビル内には他にも社員がいる。誰が飛び降りたのか、あの状態じゃ特定はできない。だから、警察は門村に森田さんを探させているんだ」

森田さん、とまたドアを叩く音がした。

「洒落になりませんよ。六階から誰か飛び降りたって、警察から連絡がありましたけど、まさか森田さんじゃないですよね？」

静かに、と誠が動きを止めた。凪はドアを見つめた。

男がドアを蹴ったのか、下の方から大きな音が聞こえた。

「話し声が聞こえました。そこにいるんでしょ？　勘弁してくださいよ、マジで。植木常務からも連絡が入ってます。全国の映画館にデータを送信する時に観る、と言ってました。フィルムがないなんて言えませんよ。何してるんです？　フィルムチェックと言ってましたよね？」

気をつけろ、と誠が耳元で囁いた。重さ三キロのロールを持つ手が震えたが、落とすわけにはいかない。大丈夫、と凪は小さくうなずいた。

森田さん、と門村が叫んだ。

「隣のプロデューサー室に入ったら、ガラス窓が割れていました。本当に飛び降りたんですか？　何があったんです？」

声に怯えが混じっていた。何度かドアを蹴る音がしたが、諦めたのか靴音が遠ざかっていった。

誠が手を伸ばし、凪の腕を支えた。急がないと、と凪は震える指でフィルムを引っ張った。

「今の人はすぐに警備員か警察官を連れて戻ってくる。警備員は鍵を持ってるし、警察官ならドアを蹴破ってでも入ってくる」

ここを頼む、とカマドから離れた誠がキャスターの付いたシュレッダーをドアの手前で倒し、大型の映写機をその上に重ねた。

少しは時間稼ぎになる、と戻ってきた誠が苦笑を浮かべた。

「残りのロールは二本だ。急ごう」

凪はフィルムを引っ張り出す手を速めた。静電気のため、薄いフィルムが腕に張り付く。ハラスメント被害に遇った者たちの執念のようで、無性に怖かった。

「燃やすって言ってたけど、ライターはあるの？」

ひとつだけ君に秘密があった、と誠がジャケットの内ポケットに手を入れた。

「隠れて煙草を吸っていたんだ。社会は喫煙者に厳しい。隠れキリシタンならぬ、隠れスモーカーだよ」

誠の手に、メビウスの箱とライターがあった。終わった、と凪は六本目のロールから引っ張り出したフィルムをカマドに放った。

消火器がある、と誠がプロデューサー室の隅を指さした。

「『妖奇』の上映ができなくなればいい。ある程度燃えたら、炎を消そう。門村がフィルムをデジタル変換し、全国の映画館に送信したら、もう止められない。ここで終わらせるんだ」

一九五〇年前後まで映画で使用されていたフィルムは、ニトロセルロースを主材料とするナイトレートだった。可燃性が高く、自然発火した事例もある。フィルムの保管倉庫での火災も珍しくなかった。

その後開発されたポリエスターフィルムは不燃性で、『妖奇』の撮影で白波瀬も使っていた。ポリエスターフィルムに直接着火しても、簡単には燃えない。

コピー機から取ってきたコピー用紙に誠がライターで火をつけた。まず火を熾《おこ》さなければならない。

ドアをノックする音と、警察です、という声が重なった。

「中に誰かいますか？　東活の森田プロデューサーがいるはずだ、と社員から連絡がありました。人が落ちたのは知ってますか？　ドアを開けてください」

放っておけ、と誠が燃え上がった紙の束をカマドに突っ込んだ。

4

栗川はパトカーを降り、東活本社ビルを見上げた。六階のガラス窓が割れ、ブラインドが風に揺れていた。

走ってきた制服警察官が敬礼し、先に立って歩きだした。やじ馬を下げろ、と栗川は命じた。

「スマホの撮影も止めさせろ」

あそこです、と制服警察官が囁いた。濃紺のブルゾンを着た数人の鑑識員がうつ伏せになった男の服を調べていた。

所轄の刑事たちがやじ馬の排除を始めた。酷いな、と栗川は死体に目をやった。

例の試写室集団自殺の絡みで、と鑑識員が口を開いた。

「東活関係の事件は栗川警部補が担当すると聞いています。ホトケが東活の社員なのか、それもまだわかっていませんが、本社ビルでの事件ですから、栗川さんに連絡を入れた方がいいと――」

「自殺か？」

そうでしょう、とブルゾンを着た年かさの鑑識員が答えた。

「六階から飛び降りたようです。二、三分前に上がった巡査から連絡があったばかりです」

「ホトケの身元は？」

男性、五十代、と鑑識員が言った。

「身元ですが、ポケットからは何も出てきませんでした。ただ、東活の社員に連絡を取ったところ、年齢からプロデューサーの森田という男性かもしれないと――」

待て、と栗川は鑑識員を手で制した。そんな馬鹿なという思いと、心臓を冷たい手で摑まれた感覚があった。

「プロデューサーの森田？」

顔を見たい、と栗川は腰を屈めた。

「上向きにできるか？」

引っ繰り返すぞ、と鑑識員が数人のブルゾンに声をかけた。

「手も足も骨が折れてる。慎重にやれ」

男たちの手が伸び、死体を持ち上げた。半回転させて、そのまま降ろすと、体が仰向けになった。

顔から落ちたのか、顔面の左側の肉がほとんどなくなっていた。

ただ、服装と、薄くなっている頭髪に見覚えがあった。森田だ、と栗川はため息をついた。

「集団自殺事件の関係で、何度か会って事情を聞いてる。最後は今日の夕方、新聞記者と雑誌の編集者が一緒だった。これは……」

「新聞記者と雑誌の編集者?」

東洋新聞社の矢部と里中って女性編集者だ、と栗川は言った。六階に新聞記者がいたそうです、と鑑識員が囁いた。

「森田プロデューサーとアポを取っている、六階で待てと言われたので上がってきた、と社員に説明したと聞きました。警備員の話では、一階のカフェに三十代の男性と二十代の女性がいたようですが、今はどこにいるのか……」

その二人だ、と栗川は指を鳴らした。

「こいつは自殺じゃない……すぐに探せ。二人が危ない」

「上にいる巡査が警備員と二人で六階を調べている、と連絡がありました。様子を聞いてみますか?」

鑑識員がスマホに触れると、井出です、と若い男の声がした。本庁捜査一課の栗川警部補に代わります、と鑑識員がスマホを渡した。

「一課の栗川だ。俺の目の前にホトケ、真上のガラス窓が割れている。六階だな? そこから飛び降りたのか?」

間違いありません、と井出が答えた。

「プロデューサー室のガラスが中から割れていました。今、自分は隣の部屋にいて——」

「なぜだ? プロデューサー室を調べないのか?」

社員によると、と井出が言った。

「森田というプロデューサーが六階にいるはずですが、姿が見えません。一時間ほど前に話したが、おかしな様子はなかったそうです。こっちの部屋は鍵がかかっていて、森田さんが中にいるんじゃないかと言ってます。警備員に確認しましたが、映画会社は夜中でも打ち合わせがあるので、基本的にプロデューサー室は施錠しないことになってるようですね。中から鍵がかかっているので、誰かいるのは間違いありません。さっきからノックをしてるんですが、返事がなくて……」

東洋新聞の矢部記者と編集者の里中だ、と栗川はスマホを持ち替えた。

「ドアを壊しても構わない。俺が許可する。その二人を保護しろ！」

すぐ行く、と栗川はスマホを耳に押し当てたまま、東活本社ビルの正面エントランスに回った。

「急げ。二人を守るんだ。わかったな？」

エレベーターは故障中です、と井出が言った。

「自分も非常階段で上がりました」

「わかった」

栗川はゲートを飛び越えた。左右に目をやると、左の奥に非常階段と大書されたドアが見えた。

5

ノックの音が止み、栗川警部補、と呼ぶ低い声が聞こえた。電話で話しているようだ。凪は誠と顔を見合わせた。

栗川さんは東銀座の集団自殺を調べてる、と凪は囁いた。

「だから、ここに呼ばれたの？　ドアの向こうにいるのは警察官よね……栗川さんはまだ外にいるの？」

すぐ上がってくる、と誠がうなずいた。

「六階なんて、駆け上がればすぐだ。栗川さんさえ来れば――」

凪は床に視線を落とした。長机で作ったカマドの中で、コピー用紙の束が燃えていた。

開けなさい、とドアの向こうで怒鳴り声がした。声に威圧的な響きがあった。

「私は西銀座署の井出巡査部長です。矢部さん、里中さん、そこにいますね？　出てこなければ、ドアを壊して入りますよ」

開けなさい、と井出が繰り返した。炎を見てろ、と誠がドアに駆け寄った。

「コピー機の紙を全部使って、フィルムを燃やし尽くすんだ。外の警察官は何もわかっていない。ぼくはドアを守る」

誠がドアノブを摑み、ドアに強く肩を押し当てた。続けざまにドアを叩く音がしたが、誠は足を踏ん張って動かなかった。

凪は足元に目をやった。カマドの火が小さくなっている。その下で、フィルムが虫のように蠢いていた。

コピー機に近づき、凪は下の棚を開いて用紙を取り出した。両手で摑んだ紙の束をカマドに投げ入れると、一気に炎が大きくなった。

天井の火災報知機が一瞬光り、火災です、と合成音声が流れ出した。スプリンクラーは火災時の熱によるヘッドの溶解、もしくは破裂によって作動する。

「矢部さん！　里中さん！」

警察官の大声が聞こえたが、誠がドアを押さえている。凪は別の長机を持ち上げ、カマドに蓋をした。スプリンクラーが放水を始めても、しばらく炎は消えない。

不快な臭いが鼻をついた。プラスチックが溶ける臭いだ。

「フィルムよ！　フィルムが燃えてる！」

いいぞ、と誠が握った手を振り上げた。不意に、プロデューサー室のＬＥＤ蛍光灯が消え、辺りが真っ暗になった。

「どうして明かりを消したの？」

何もしていない、と誠がポケットから取り出したライターで火をつけた。

「スイッチは逆の位置だ。手も触れていないし——」

からから、と何かが回る音がした。正面の窓にかかっていたブラインドに、映写機の光が当たっていた。

3、2、1と数字がブラインドに浮かび、空撮による東京のロングショットが映った。カメラがゆっくりと降り、二子玉川駅への道を進み始めた。

「これは……」

呻いた誠に、『妖奇』のファーストシーン、と凪は囁いた。

「この場面は見た……映写機はどこ？　壊さないと」

誠がライターの火で照らすと、シュレッダーの上にあった映写機のリールが回っていた。コンセントは繋がっていない。

馬鹿な、と叫んだ誠が足で蹴ると、映写機が悲鳴のような音を立てて床を転がったが、投影レンズの向きは変わらなかった。

『どうするの？』

春口燿子の声がした。悩ましいね、と宇田川翔理が答えた。

『人生で一番高い買い物だ。簡単には決められない』

『でも、どこかで決めないと』

どうして、と凪はつぶやいた。

「なぜ『妖奇』が映ってるの？」

誠が映写機に飛びつき、壁に叩きつけた。いくつかの小さな部品が割れたが、投影レンズはそのままだった。

「フィルムは？」

誠の怒鳴り声に、凪はかぶせていた長机の蓋を外した。空気に触れたため、炎が大きくなった。煙で中が見えない。

凪は炎を透かして見た。フィルムが焼ける時の独特なプラスチック臭がした。

（違う）

灰になった紙束の下に、フィルムはなかった。燃えているのは床を保護するためのフローリングシートだ。

「誠、ドアを開けて！　ここから出ないと、わたしたちも『妖奇』を観ることに――」

いきなり誠の体が宙に浮き、そのまま天井に叩きつけられた。ピンで留められたように、体が動かなくなる。

矢部さん、とドアの向こうで栗川が叫んだ。

「里中さん！　無事ですか？　今の音は何です？　くそ、どうしてドアが壊れないんだ？」

栗川の声が聞こえなくなった。異様なほど静かだ。

突然誠の体が落下し、床で弾んだ。誠の口から悲鳴と血の塊がこぼれた。

「凪……逃げろ」

誠に駆け寄ろうとした凪の足が止まった。誰かが足首を摑んでいた。

一人、二人ではない。十人、それ以上だ。

離して、と凪は叫んだ。

「わたしはハラスメントなんかしていない！　どうしてこんなことを？」

映写機のリールが回転を速め、こま落としのようにフィルムがブラインドをかすめていく。

二十分のロールが終わるまで、十秒もかからなかった。

部屋の隅から現れた黒い服を着た女が二番ロールに交換すると、またブラインドに『妖奇』が映った。凪は目を閉じたが、見えないはずの映画が頭の中のスクリーンに映し出されていた。

駄目だ、と誠が顔だけを上げた。

「見ちゃいけない。見るな！」

誠の体が浮き上がり、奥の壁に凄まじいスピードで叩きつけられた。衝撃で額が割れた。

顔だけが凪を向いている。目の位置が大きくずれていた。額の割れ目が裂け、噴き出した血が壁を真っ赤に染めた。

三番ロール、四番ロール、五番ロールの映写が終わり、黒衣の女が最後の六番ロールを映写機にかけた。

どうして、と凪は両手を伸ばした。

「こんな酷いことを……わたしたちは何もしていないのに……」

黒衣の女が滑るように近づいてきた。長い黒髪で覆われた顔は見えなかったが、春口燿子だとわかった。

(そうだったのか)

凪はがっくりと頭を垂れた。何度も取材を重ね、親しくなった。仕事の愚痴を言い合ったこともある。

会話の中で、燿子は白波瀬のセクハラ、そしてパワハラを訴えていた。凪もその気配に気づいたが、記事にしなかった。

映画業界は特殊で、一般常識は通用しない。多少のハラスメントはやむを得ない、と心のどこかで思っていた。

そして、世界のシラハセへの忖度があった。トラブルが起きれば、取材を拒否される。その怯えが、凪の口を閉じた。

彼も同じだ、と凪は倒れている誠に目をやった。後頭部が割れ、脳味噌が覗いていた。

わたしたちは何も見ていないふりをした。何も気づかないふりをした。今、その罪を問われている。

わたしたちだけではない。誰もが同じ罪を犯している。おそらくは無意識のうちに。

誰にも『妖奇』を止めることはできない。

辺りを見渡すと、天井からフィルムの輪が降りてきた。凪は長机に上がり、輪に首を入れた。長机を蹴った。自分の意志だったのか、それはわからなかった。

6

「蹴れ！」

栗川の声に、井出、警備員、そして東活社員の門村が同時にドアを蹴った。蝶番《ちょうつがい》が吹き飛び、ドアが倒れた。

「里中さん！」

飛び込んだ栗川は天井の蛍光灯に引っかけたベルトで首を吊っていた里中の足を抱え、持ち上げた。

「井出、手を貸せ！」

長机に飛び乗った井出がベルトを外すと、里中の体が力なく折れ曲がった。

「刑事さん！」

叫んだ警備員が部屋の奥を指さした。床に矢部の体が転がっていた。割れた額から脳漿《のうしょう》がこぼれている。

何があった、と栗川は室内を見回した。長机が整然と並び、手前のデスクにパソコンとタブレットが載っている。どこにでもある会議室だ。

壊れたドアに顔を向けたが、ボタン式の簡易鍵がかかっているだけだった。四人で蹴れば、すぐに壊れただろう。なぜ、ドアは開かなかったのか。

女性は首を吊ったようです、と井出が報告した。

「あの男性は……頭がぱっくり割れています。女性の力ではできないでしょう。しかし、自分でそんなことをしますか？」

鑑識に連絡、と栗川は命じた。

「六階に上がり、徹底的に調べろ。森田が飛び降りたのは隣の部屋だ……失礼、門村さんでしたね？　プロデューサー室の出入り口はこのドアだけですか？」

ドアはひとつだけです、と門村が答えた。

「信じられません。森田さんが自殺するなんて……何があったんです？　この二人も自殺ですか？　首吊りなんて……」

「男性はどうだ？　助かる見込みは？」

栗川は奥に進み、矢部を見下ろした。無理です、と井出が肩をすくめた。

「女性は首が折れています。脊椎骨骨折による延髄の損傷、そして心停止……」

遅かった、と栗川はブラインドを開いて下を見た。

「救急隊員を呼んで、二人を病院に搬送しろ……門村さん、とりあえず出てください。井出、誰も入れるな」

肩から大きな袋を提げた門村が出て行った。着信音が鳴り、栗川はスマホを耳に当てた。

7

午後十一時五十分、植木はエレベーターで東活本社ビルの四階に上がった。待っていた数人の社員に鷹揚《おうよう》に手を振り、土曜の夜中に悪いな、と声をかけた。

「参ったよ、森田が飛び降りて、警察官がビルを取り囲んでいる。役員だと言っても通してくれない。明後日の月曜に公開する映画がある、私を止めると訴訟沙汰になると脅したら、渋々了解したがね……門村、『妖奇』のデジタル変換は終わったのか?」

フルオートですから、と一礼した門村が先に立って廊下を進んだ。

「私の仕事はフィルムのセッティングだけです。昔は映画館の数だけフィルムを焼いていたんですよね? 信じられませんよ」

森田の自殺は見たのか、と囁いた植木に、いえ、と門村が首を振った。

「技術ルームにいたので、何も見てません。六階から人が飛び降りたと警察から連絡があって、驚きましたよ。森田さんだとわかったのも、かなり後です。事情聴取を受けましたけど、何もわからないので答えに困りました」

君たちは黙ってろ、と植木は指示した。

「どうせすぐネットニュースになるだろうが、こっちから何か言う必要はない。その辺は総務が対応する。横川、プロデューサーが自殺したぞ。宣伝に使えるんじゃないか?」

さすがに無理でしょう、と宣伝部の横川が手を振った。不謹慎過ぎるか、と植木は頭を掻いた。

「森田はなあ……有能なプロデューサーってわけじゃなかった。気が弱い男だったよ。『妖奇』がここまで話題になるとは思ってなかったんだろう。プレッシャーに耐えられなかったんだ」

第四試写室、とプレートのかかった部屋のドアを門村が開けた。

「六階の方が広いんですが、出ていけと警察がうるさくて……やむを得ず、こちらで試写をすることにしました。申し訳ありません」

別にいいさ、と植木は一人掛けのソファに座った。

「映画は映画だ。スクリーンさえあれば、どこだって構わない。森田の死は残念だが、こうなったら弔い合戦だ。横川、どんどん『妖奇』を宣伝しろ……公開前に話題作『妖奇』を観るなんて、役得だろ?」

追従笑いを浮かべた男たちがソファに腰を下ろした。門村、と植木は顔を向けた。

「全国の映画館にデータを送ったか?」

深夜零時ちょうどに送信します、と門村が時計を見た。

「あと三分ですね。それもフルオートなので、問題はありません」

よし、と植木はうなずいた。門村が横にあったスイッチに触れると、第四試写室の明かりが落ちた。

　ささて、植木は手をこすり合わせた。

「世界のシラハセの最新作、『妖奇』を拝見しますか。難産だったが、とにかくここまで漕ぎ着けた。経験から言えるが、苦労した映画ほど当たるもんだ。今期のボーナスは期待していいぞ」

　よろしくお願いしますと横川が頭を下げると、笑いが起きた。スクリーンに東活のマークが映った。

　零時ジャストです、と門村が囁いた。わかった、と植木は足を組んだ。

　空撮による東京の風景。流れるようにカメラがパンし、二子玉川駅に続く道を移動していく。さすがなもんだ、と植木は後ろに目をやった。

「二十五年ぶりだが、腕は落ちていない。白波瀬アングルって奴だ」

　社員たちがうなずき、植木はスクリーンに顔を戻した。

　物件を探している春口と宇田川が演じる夫婦に紛れて、フィルムの左端に小さな黒い影が映った。

「おい、あれは誰だ？」

　何です、と門村が植木が指さした方向を見つめた。

「誰って……誰もいませんよ？」

植木は眼鏡を外し、目をこすった。指に赤い染みがついた。

「門村、空調が利き過ぎてないか？　ちょっと寒いな」

返事はなかった。植木は背広の襟を立てた。悪寒がしていた。

初出
Amazon オーディブル配信
二〇二四年八月

［著者略歴］

五十嵐貴久（いがらし・たかひさ）

1961年東京都生まれ。成蹊大学文学部卒業後出版社勤務。2001年『リカ』で第二回ホラーサスペンス大賞を受賞してデビュー。警察小説「交渉人」シリーズ、お仕事恋愛小説「年下の男の子」シリーズほか、スポーツ小説、ミステリーなど幅広いジャンルの作品を発表し、好評を得ている。主な著書に『学園天国』、『あの子が結婚するなんて』、『マーダーハウス』、『能面鬼』、『スカーレット・レター』など。近著に『十字路』、『リボーン』（「リカ」シリーズ）『ＰＩＴ　特殊心理捜査班・蒼井俊』がある。

死《し》写《しゃ》会《かい》

2024年12月5日　初版第1刷発行

著　者／五十嵐貴久
発行者／岩野裕一
発行所／株式会社実業之日本社
〒107-0062
東京都港区南青山6-6-22 emergence 2
電話（編集）03-6809-0473　（販売）03-6809-0495
https://www.j-n.co.jp/
小社のプライバシー・ポリシー（個人情報の取り扱い）は
上記ホームページをご覧ください。

ＤＴＰ／ラッシュ
印刷所／大日本印刷株式会社
製本所／大日本印刷株式会社

ISBN978-4-408-53849-5（第二文芸）